金牌小说

Awarded Novels
长青藤国际大奖小说书系

RABBIT HILL
兔子坡

〔美〕罗伯特·罗素 文、图 司南 译

晨光出版社

居民们在这里！

下午三点左右，大家的耐性终于得到了报偿。他们看见一辆汽车开上了车道。那是一辆非常旧的汽车，行李鼓鼓囊囊，都快堆到车外边了。一阵兴奋的骚动席卷过围观的动物，每只眼睛都紧盯着房子的新主人。

男人第一个下车。他抽着烟斗，阿纳达斯叔叔赞许地闻着空气。

兔爸爸的眼睛紧盯着那位女士不放。她从车上搬下了一个大篮子，正准备打开盖子。

兔妈妈屏住呼吸，所有的小田鼠都哆嗦起来。原来是一只巨大的虎斑灰猫出现在眼前。灰猫伸伸前腿，又伸伸后腿，然后慢慢地、庄严地大步走上前门台阶。

田鼠们喊喊嚓嚓，小声说着他们好害怕。兔妈妈呢，好像快晕倒了……

RABBIT HILL
兔子坡

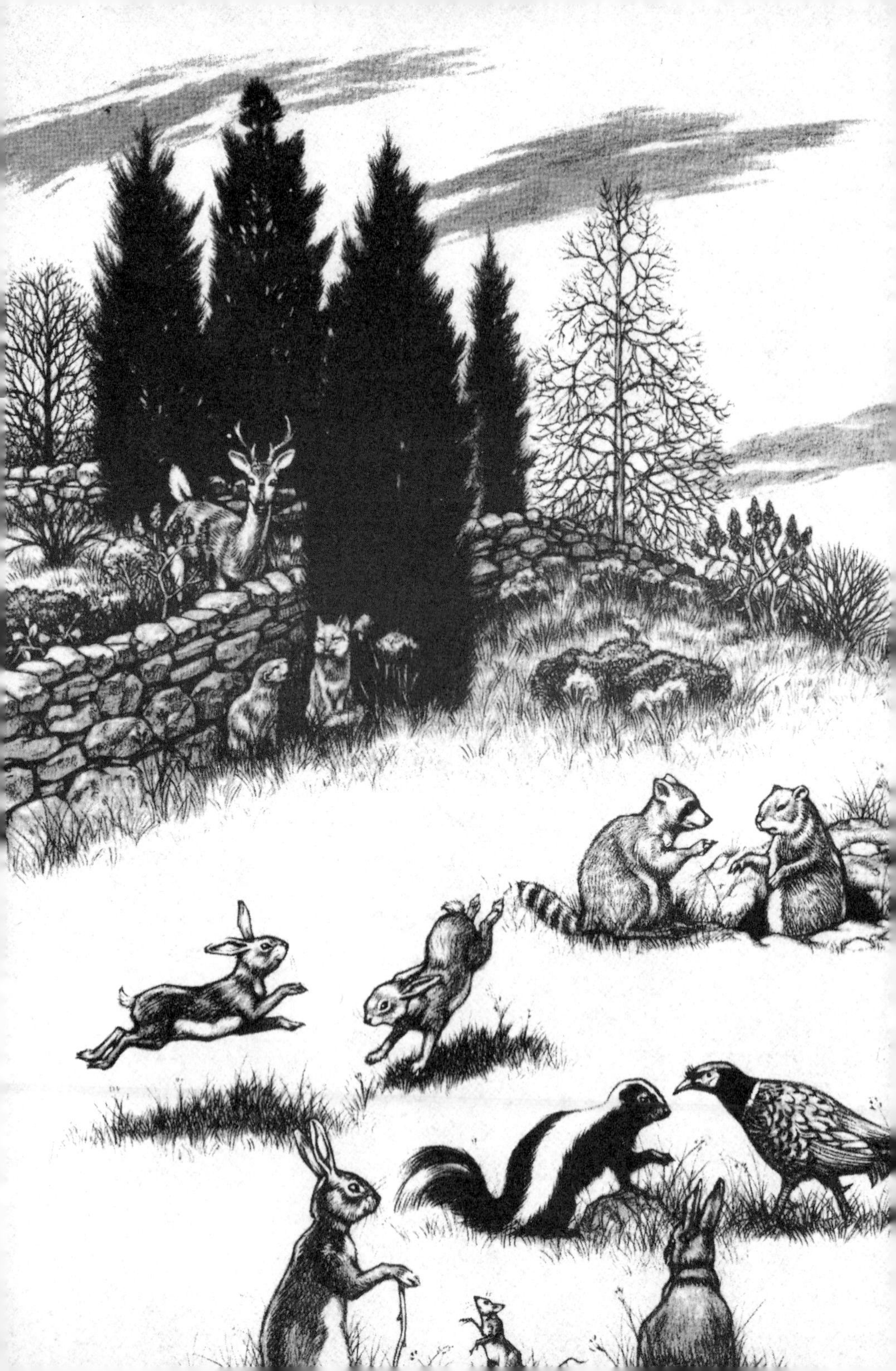

越宁静的地方,越容易沸腾。

不管好事坏事，只要打乱了平静的日常秩序，
总会给一些人带来担忧。

有些迁就，是会要命的。

他们说，老人的建议和劝告，
都是金玉良言。

天塌下来都不愁的年纪，
睡得如此安稳。

年少雀跃的心意,在温暖的阳光下奔跑。

有些金玉良言,
　是从这样凌乱的洞里产生出来的。

月光下的睡梦，香甜无忧。

少年自顾自地奔跑,
老人平静地与往日说着再见。

那些坚持多年的习惯，
　只有为了特定的人和事，才肯改变。

固执是因为信任，还是因为懒惰？

那些充满期待的眼睛，
　天真地盯着不可知的未来……

读书会读到新知,还是会读成书呆子?

为了小动物
请小心驾驶

我为你所做的事，是否也是在为我自己？

承受那些陌生的足迹,
需要多大的勇气……

那些年幼的耳朵在听,
那些年老的嘴巴在说。

我们匆忙地记录着,哪些是我们喜欢的,哪些是我们想要的。

有些人代表经验,来提醒过往的教训。

松树林的影子慢慢爬下山坡,夕阳将荞麦地变成了一块闪光的金绿色地毯。

相信邪恶，往往比相信好意更加容易。

母亲的忧虑，总是关于孩子。

有些事，就连最年老的智慧也没有办法。

许多悲剧，都源于不信任。

有些人，始终与未知的东西隔着安全的距离。

老人的好奇心，并不输给少年。
这是他们共同的好时光。

Preface
前言

好时光与坏时光

  罗伯特·罗素是美国著名的作家和插画家。他是图画书《爱花的牛》的作者,曾获得过凯迪克金奖与纽伯瑞金奖,许多中国读者对他也非常熟悉。

  打开《兔子坡》这本书,只要读上四个自然段,不到五百字,我们立刻能看到一组活灵活现的形象:活泼好动的小乔吉、心重话多的兔妈妈和咬文嚼字的兔爸爸。作者塑造角色的功力是那样深厚,笔下的动物的性格夸张中不失真实,与人类并无区别。好的艺术作品会有一个共同的特点,那就是匠心独具却又不显匠心。作者并没有刻意制造悬念,或者提前安排笑料,但读者不知不觉中就会认为,这个故事一定是有趣的,因为我们看到了有趣的、值得关注的角色。

  他写动物之间的对话,主要角色都各有特点:土拨鼠波奇的固执、田鼠威利的热情善良、红公鹿的庄重、阿纳达斯叔叔的倚老卖老,都在他们的语言间自然而然地流露出来;而兔爸爸对于"早熟禾王国"的牵念,臭鼬菲威对垃圾的执著,更令人忍俊不禁。这些描写也给角色增加了灵气,让文中的许多地方都充满值得回味的"笑果"。

  作者的画笔与文笔有着共同的风格:文雅、细腻中含着低调而隽永的幽默。他的插画精细而写实,每只动物都基本保持着自然界中的形象,却又带有非现实世界的细节。一个最典型的例子莫过于第三章中,小乔吉跳进草丛里躲避警犬的那幅插图。图中警犬与兔子的姿态,以及周围的自然景物，都表现得非常忠实。读过西顿动物故事的朋友，或许会觉得这画面似曾相识，可是，仔细看一下吧，小乔吉的耳朵后边，还系着他的小包呢。这平淡中不经意的幽默，可是比个性更为高明和难于把握的东西。至于其他有趣的地方，就请读者自己去发现吧。

这本书最令我感动的要数第四章中阿纳达斯叔叔那段长长的独白。阿纳达斯叔叔是一位有趣的老单身汉：他不爱干净，家里乱七八糟，不识字还死要面子，说话粗野，虚张声势，思路夸张，总会想到事情最坏的可能性……但他同时又是一位经验丰富、热爱生活的老居民，他对小乔吉说出的那一大段话，正可以视为这本书的主旨。

阿纳达斯叔叔从动物的角度提到了"英国红衣士兵"——美国独立战争；"年轻人……穿着蓝色的制服"——美国南北战争，以及战争所带来的坏时光、战争过后的好时光。他告诉小乔吉："有好时光，也有坏时光，但它们都会过去……总有新时光到来。"这是一个朴素的道理，但其中却包含着人生全部的智慧——等待和希望。

司南

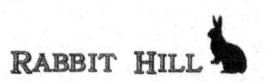

RABBIT HILL

目录
contents

1
新居民要来了

20
兔妈妈在担心

29
小乔吉唱首歌儿

47
阿纳达斯叔叔

59
波奇坚持己见

68
搬家卡车

75
读成书呆子

89
威利糟糕的夜晚

99
分配之夜

108
阴云笼罩山坡

118
紧张和冲突

127
大家都够了

新居民要来了
New Folks Coming

整个儿山坡兴奋得沸腾起来。动物们讨论着了不起的消息,各处不断升起喊嚓声、尖叫声、低语声和口哨声。山坡上到处都能听见这样的话，一遍又一遍："新居民要来啦。"

小乔吉一个跟头翻进兔子家的地洞，气喘吁吁地说出了消息。"新居民要来啦！"他嚷道，"新居民要来啦！妈妈——爸爸，新居民要住进大房子啦！"

兔妈妈正搅着一锅很稀的汤，她抬起头说："呃，早该有新居民住进大房子了，正是时候。我真希望他们是庄稼人，不要像上回那些人一样懒惰。那里已经三年没有个像样的菜园了，冬天从来没有够吃的东西。去年冬天最糟糕，我都不知道咱们是怎么过来的。我也不知道，咱们怎么才能弄清楚，他们是不是庄稼人。我就是不知道啊……吃的老是不够，也没地方去弄棵蔬菜，除非去十字路口的胖男人那儿。可那儿有他，还有他的狗啊什么的。要去那边，一天还得过两次黑马路。我就是不知道，就是不知道……"兔妈妈十分烦恼。

"嗯，亲爱的，"兔爸爸说，"一定要建立更

乐观的态度啊。乔吉的消息可能预示着，一个更加幸福、更加富饶的时代就要来临呢。也许，我应该允许自己在这片地区散一会儿步，为这个最有希望的传闻找一找证据，这样会比较好吧。"兔爸爸是一位南方绅士，他说话总是这样的。

他小心地穿过长长的荒园。大大的砖房子矗立在黄昏中，阴暗而又孤单。窗户里没有灯光，也没有人，显得非常阴沉。屋顶的木瓦弯曲着，已经烂了。百叶窗歪挂着。小路和车道上,一有微风吹过,高高的干草就"沙沙"作响。这会儿,整片草地都乱纷纷地摆动着,显得更加阴郁。

兔爸爸忧愁地想起,曾有过那样一段时光,山坡上的一切都与现在很不相同。那时,美味的青草铺得像厚厚的地毯,田地里满是苜蓿,园子里的蔬菜非常丰富。他和兔妈妈,还有那么多儿女,都活得很好,所有小动物都活得很好。

那些日子大屋里的居民比较好,孩子们也是。孩子们晚上玩着捉人游戏,欢快地尖叫着。同时,臭鼬妈妈和她的小家伙们排成一路纵队,游行似的穿过草坪。以前,那儿有一只狗,是一只西班牙猎狗女士,又老又胖,总是忙着跟旱獭吵架,闹闹哄哄,没完没了,但从没听说她伤害过谁。而且,有一次她找到一只迷路的小狐狸,还照顾他,把他跟自己的小狗养在一起呢。想想看,那只小狐狸是现在这只狐狸的叔叔呢,还是父亲?兔爸爸想不起来,那好像是很久很久以前的事了。

后来,不幸的日子降临在山坡上。好居民搬走了,接着来到的人又坏又懒惰,从不替别人着想。漆树、月桂和毒藤长满了田地,草坪上尽是马唐草和别的杂草,再也没有菜园了。去年秋天,那些人也走了,留下空空的房子,墙上的黑窗户那样凄凉,百叶窗在冬天的狂风中拍打。

兔爸爸走过工具间。从前,这里总有成袋的种子和鸡食,留给饥饿的田鼠。可现在,它已经空了好几年了。在那些寒冷艰难的冬天里,所有能吃的谷物都给搜光了,再也没有动物来到这里。

旱獭波奇正在旁边的草地上,饥饿地刨抓着散乱的小团草根。他的身体非常瘦,毛皮好像被虫蛀过似的——去年秋天,波奇挤进地洞冬眠时，还是大腹便便摇摇摆摆的，跟现在一点儿都不一样。这会儿，他努力想补回丢掉的时间。他每吃一口，都会抬起头，四处看看，抱怨着，然后又抓起一把草根。这让他的抱怨有一句没一句的。"看这草坪，"他吼道，"瞧瞧吧……啊呜，啊呜……连片苜蓿叶都没有，只剩下些马唐草跟鸡草……啊呜，啊呜……新居民该来啦……啊呜，啊呜……早该……"见兔爸爸有礼貌地向他问好，他便停住口，坐直身子。

"晚上好啊，波奇，晚上好。又见到你了，我真是高兴。我想，你度过了一个舒服的冬天吧？这样一个可爱的春天夜晚，对你的健康最有好处了。"

"不知道。"波奇嘟囔，"健康还好吧，我猜。可我瘦得跟外边所有的动物一样。要是一个家伙必须用这种东西给自己的肋骨外面添上一圈脂肪，那该多讨厌啊！"他冲着眼前长满野草、乱七八糟的草地，厌恶地挥挥手说："上次的居民净偷懒，他们就是那样，偷懒。什么都不干，什么都不种，什么都不照顾，什么都完蛋！他们该走啦，谢天谢地啊，我得说，新居民该来了，早该来了！"

"这正是我想与你商量的话题。"兔爸爸说，"关于新居民搬来的可能性，我已经听到了一些说法，很想知道你是否了解事情的真相。咱们这一带有人口增加真是再好不过了，但是这件事有什么可考的背景吗，还是说仅仅是传言而已？"

"传言，传言？"波奇抓抓耳朵，有点儿怀疑地说，"嗯，我来告诉你吧。我听说，两三天前，房地产经纪人带着两个人来过这房子，里里外外看了个遍。我听说，木匠比尔·希基昨天来了，去了屋顶、工具间和鸡舍，还在一张纸上计算着什么。我还听说，石匠路易·肯斯道克今天也来了，绕着这房子的旧石墙，还有快塌了的台阶，又踢又捅，也计算着。我还听说一件事儿，这很重要，"他凑近一些，爪子一拍地面，"这真的很重要。我听说，蒂姆·麦格拉思——你知道，就是岔路口小屋里的那个家伙，管犁地、播种什么的那个——今天下午他来了，检查了旧菜园、草坪和北田地，也在计算着哟。你觉得这些消息怎样呢？"

"我觉得……"兔爸爸说，"一切听起来都非常吉利，好像不用怀疑，新居民就要来了，而且好像一切迹象都显示他们是庄稼人。要是这附近有些好庄稼人，咱们也能过得不错。一片不错的早熟禾……"兔爸爸是好多年前从盛产早熟禾的肯塔基州来的，一谈起早熟禾，他就唠唠叨叨，让人心烦。

"它在这儿可长不好，"波奇打断他，"它在康涅狄格州这里，可一点儿都长不好。我自己嘛，有块不错的苜蓿和梯牧草田就满意啦，那就很好。嗯，梯牧草和苜蓿，也许再来点儿像样的草坪，还有菜园子。"他这么一想，眼眶都湿润起来，"来点儿甜菜叶，嗯，也许再来点儿嫩豌豆，再来一口马鞭草,溜溜缝儿……"他突然回过神来,疯狂地扯着稀疏的草地。

兔爸爸的心情好了一点儿,继续溜达着。毕竟,过去几年的时光已经非常艰难。他们的许多朋友都从这山坡上逃走了;他们已经结婚的孩子,都有了自己的家;兔妈妈显得那么憔悴,还越来越焦虑。这房子里的新居民可能会将他们带回美好的旧时光……

"晚上好,先生,祝你好运。"灰狐狸有礼貌地说,"新居民要来了,我知道。"

"也祝你晚上愉快、舒心,先生。"兔爸爸答道,"是啊,新居民就要来了,好像所有的迹象都在指向这件喜事呢。"

"我一定要感谢你。"狐狸接着说,"谢谢你昨天早晨把那些追踪我足迹的狗引开。当时情况不妙,我可对付不了他们。你瞧,我去了韦斯顿那边,正要往家弄一只母鸡——这些日子,附近

能挑拣的东西可太少了。来回有八英里远呢,那母鸡又是个倔强的老姑娘。她直直地坐着不动,那些狗扑向我时,我都累得够呛了。你很灵巧地对付了他们,很灵巧,我为这个感谢你。"

"没什么,孩子,没什么。请你别再提了。"兔爸爸说,"我总喜欢跟猎狗们跑一跑。我就是这么长大的,你知道。哎呀,在那早熟禾的王国里……"

"是啊,我知道。"狐狸连忙说,"那你是怎么对付他们的呢？"

"哦，只是带他们跑下山谷，玩闹了一把，钻过几丛石南，最后把他们带到吉姆·科利的电网那儿。终归是傻畜生啊。简直不能管这叫运动，太低级了。在那早熟禾的王国里，猎狗训练得才真好。哎呀，我还记得……"

"是啊，我知道啦。"狐狸说着，消失在草丛里，"但还是谢谢你。"

灰松鼠正绝望地到处挖着。他总是想不起在哪儿埋了坚果，再说，去年秋天也没什么可埋的。

"晚上好，先生，祝你好运。"兔爸爸说，"看来，好运气正是你最需要的呢。"他看到了那徒劳的挖掘痕迹，笑说着："老伙计，请原谅我这么说，你的记性可不如从前啦。"

"我的记性从来就不怎么样，"松鼠叹口气，"总是想不起东西放在哪儿。"他停下来歇歇，看着下边的山谷，"但我能记住别的事儿，记得非常清楚。你还记得从前的日子吗？山坡上住着好居民，什么都很好。还记不记得圣诞节时，年轻人总是给咱们装点的那棵树？就是那边那棵云杉，那时要小一些，上边挂着小灯；还有给你们的胡萝卜、卷心菜叶和芹菜；给鸟儿的种子和板油，我自己也经常尝一点儿呢；给我们的坚果——各种各样的坚果——都像真挂在枝头一样，记得吗？"

"当然记得啦！"兔爸爸说，"我敢说，我们都深深珍爱着关于那段时光的记忆。咱们盼望着吧，新居民可预期的到来，在某种程度上，可能会带来愉快旧时光的复兴呢！"

"新居民的到来？"松鼠飞快地问道。

"传闻是这样的，近来的情况好像也预示了这种可能。"

"好啊。"松鼠说，又开始更加起劲儿地搜索着，"没听说呢，最近净忙着到处乱刨了。我忘性最大了……"

田鼠威利尖叫着，飞跑到鼹鼠土堆的尽头。"鼹鼠。"他喊道，"鼹鼠，快来呀！有新闻，鼹鼠，有新闻！"

鼹鼠的脑袋和肩膀钻出地面，失明的眼睛转向威利，尖尖的鼻子抖动着。"哎呀，威利，哎呀。"他说，"都在激动什么呢，什么新闻不新闻的呀？"

"绝对是新闻！"威利上气不接下气地叫道，"哦，鼹鼠，好大的新闻呀！大家都在说呢。新居民要来了，鼹鼠，新居民要来啦！大房子里，新居民……大家都说他们是庄稼人。鼹鼠啊，没准儿工具间里又会有种子啦，种子和鸡食。它们会从缝里掉下来，咱们整个儿冬天就有吃的了，就像在夏天里一样。地窖里会热起来，咱们可以挨着墙打地洞，又能暖暖和和、舒舒服服啦。他们可能还会种郁金香，鼹鼠，还有蔓穗草和雪光花呢。哦，要是现在来个又鲜又脆的郁金香球茎，让我拿什么换都行啊！"

"哦，球茎的老游戏啊。"鼹鼠轻声笑道，"我知道。我管挖，你管跟在地洞里吃掉球茎。对你来说是不错啦，可我能得到什么呢？除了挨骂，什么也没有，我就得到这个呀。"

"哎呀，鼹鼠。"威利感到很受伤害地说，"哎呀，鼹鼠，你这么说可不公平，真是的。你知道咱们一直是多好的朋友，一向分享东西，一人一半儿。哎呀，鼹鼠，我真吃惊……"他轻轻抽着鼻子。

鼹鼠笑了，伸出宽宽的皮爪子，拍拍威利的后背。"来吧，来吧。"他笑着说，"别老是那么敏感，我只是开开玩笑嘛。哎呀，要是没有你，我可怎么办呢？我怎么能知道发生了什么事儿，又怎么能看见东西呢？当我想看东西时，我会说什么？"

威利擦擦鼻子说:"你会说:'威利,做我的眼睛。'"

"当然啦,就是那样。"鼹鼠坚定地说,"我会说:'威利,做我的眼睛。'你就是我的眼睛呢。你告诉我东西是什么样子,它们的大小和颜色。你讲得真棒啊,再没有谁能讲得更好了。"

威利不再觉得受伤害了:"有鼹鼠夹子时,我也会告诉你,不是吗?或者有毒药,或者要压草坪的时候……不过,好久没人压这片草坪了。"

"当然啦,"鼹鼠笑着说,"你当然会告诉我。现在,擤擤鼻涕,走开吧。我要开始弄晚餐了。最近,这周围的食物可太少了。"他钻回了地道。威利看着那道土堆慢慢伸过草坪,尽头随着鼹鼠的挖掘升起来、抖动着。他蹦蹦跳跳地跑过去,敲着地面。"鼹鼠!"他叫道,"等他们来了,我会做你的眼睛,我会好好给你讲的!"

"你当然会啦……"鼹鼠的声音让泥土捂住了,"你当然会啦——要是他们有郁金香,我可不会觉得奇怪。"

臭鼬菲威在松树林边站起来,看着下边的大房子。一阵轻轻的"沙沙"声响起,红公鹿出现在他身旁。"晚上好,先生,祝你好运。"菲威说,"新居民要来了。"

"我明白。"公鹿说,"我明白,早该来了。倒不是这事对我有多重要,反正我净闲逛。但对山坡上一些小家伙来说,生活已经够糟糕了,太糟糕了。"

"是啊，你会去逛。"臭鼬答道，"可有时候，你也不会拒绝一堆园子里种的蔬菜，对吧？"

"呃，不会的，如果正好能弄到的话。"公鹿用鼻子轻轻嗅嗅，同意道，"我说，菲威，你不介意挪开一点儿吧，能不能，嗯，往下风处挪点儿？嗯，好啦，非常感谢。我是说，我有时候很喜欢绿色蔬菜，比如说一排生菜啦，或者一些嫩卷心菜啦，很嫩的——老菜会让我消化不良——不过当然，我最热爱的还是蕃红柿——是西红柿。你来一个又嫩又熟的好西红柿，啊……"

"是你来一个。"菲威打断他，"我个人才不在乎他们是不是庄稼人，当然啦，除非是替你们在乎。在我的生活中，菜园什么都不是。我追求的可是他们的垃圾。"

"你的品位就这么低，菲威。"公鹿说，"呃，顺便说一下，风向好像变了……你介意吗？嗯，好了，谢谢。我是说……"

兔子坡
RABBIT HILL

"根本不是我品位低。"菲威愤愤地说,"你只是不了解垃圾。有这样那样的垃圾,就像有这样那样的人。有些人的垃圾就是不配——呃,简直不配做垃圾。但也有别的垃圾,嗯,没有比它们更好的东西了。"

"我有,"公鹿坚定地说,"比垃圾好得多呢。顺便说一下,只是为了换个话题——狐狸正一心盼着会有鸡,没准儿还有鸭子呢。你应该对这个感兴趣。"

"鸡还不错——小鸡们。"菲威同意道,"鸭子也不错。可说回垃圾……"

"哦,天呐。"公鹿抱怨道,"风向又变了。"他退回树林里。

深深的、冰冷的地下,还存着一些霜冻,这一带所有地老虎的老爷爷伸开了他那脏兮兮的灰身体,舒展着僵硬的关节。他的声音是一种"嘶嘶"的低语,不过用来叫醒他那几千条冬眠的子孙，是足够了。

"新居民要来啦。"他"嘶嘶"地说，"新居民要来啦。"声音传向那些没精打采的家伙。慢慢地，他们抖动着丑陋的身体；慢慢地，他们伸直了，开始向上爬过又厚、又湿、又冷的泥土。等幼嫩的新植物一出现，他们就能在地面上准备好了。

山坡上到处都是这样的景象。在灌木与高高的乱草中，到处都骚动着，"沙沙"作响，小动物们奔忙着，传着话，猜测着这件大事儿。松鼠和金花鼠在石墙顶上蹦过，嚷出这个新闻；阴暗的松树林里，猫头鹰、乌鸦和蓝松鸦大声争论着；地洞下边，客人们来来去去，没完没了，上边呢，到处都重复着这样的话："新居民要来啦。"

兔妈妈在担心
Mother Worries

　　兔子洞底下，兔妈妈比平时还要担心。不管什么事儿，好的还是坏的，只要打乱了兔妈妈平静的日常生活秩序，总会给她带来一阵担心。那现在这令人兴奋的消息，当然会让她特别不安啦。她已经想过新居民可能带来的所有危险和不愉快，这会儿正在空想一些新的、不可能的事儿。她已经考虑了各种可能性，有猫啦、狗啦、白鼬啦，有猎枪啦、步枪啦、火药啦，有夹子啦、圈套啦,还有毒药和毒气啦,甚至可能有男孩子!"

她重复着最近流传的一个可怕的谣言,说的是一个男人,在他汽车的排气管上接了一条胶管,塞进地下居民们的洞里。据说,已经有几个家庭被这种残忍的行为夺去了性命。

"好啦,孩子他妈,好啦。"兔爸爸只好安慰她,"我已经多次指出,他们过早的死亡,完全要怪他们自己疏忽,让储存的食物堵住了紧急出口。小心地管理过冬食物,是非常值得称赞的习惯,但用紧急出口当萝卜窖或储藏室,可是顶顶愚蠢的行为啊!"

"不幸的是——哦,也许是幸运的——"他盯着自家光秃秃的架子和空荡荡的碗橱,继续说,"最近几年这困难的环境,不允许咱们大量储存过冬的粮草呢,所以咱们的出口通道还是畅通的,一直修理得很好。但我得承认,你偶尔也会表现出一种不好的倾向,爱往过道里乱塞扫帚、拖把和水桶等多余的家庭用品。不久之前,我还在那里狠狠地摔了一跤呢。"

兔妈妈马上挪开了那些水桶和扫帚,心里稍稍踏实了一点。但只要东风带来一丝过路汽车尾气的臭味儿,她的脸色就会苍白起来。

她还在想着,新来的人会不会砍倒地洞上边的灌木丛,犁开这片地呢?兔爸爸表示这是有可能的,但可能性不大。"要是真出了那种事儿……"他说,"咱们也不过是被迫换个住处嘛。咱们在这片洼地下边住了这么久,当然也有感情,但一年中的某些季节,它无疑太湿了,都不能说是'潮'。最近,我感觉到一种轻微的痛风倾向,那是一种家族遗传病,要是搬到一个地势高点儿的地方,就会好得多啦。松树林边有个地点,我已经盯了很久。不过话说回来,新居民必须用这种破坏性活动来改变环境吗?我相信,那是没有实际好处的。"

兔妈妈一想到可能要离开老家,就忍不住哭了起来。兔爸爸赶快把话题转向可能会出现的猫和狗。

"至于猫嘛……"他说,"整个儿问题只不过是,父母要给孩子一次严格的训练。你知道,孩子们只能出声,不能露面。如果他们被关在屋里,长大到能好好照顾自己再出去,如果他们学会始终保持机敏和警惕,那猫的危险简直就不算什么了。猫的长跑能力很差劲,唯一的武器就是偷袭。请允许我这样说,我相信我已经成功地教会了咱们所有的孩子,怎样防备偷袭。"

"有几个孙子孙女,我得遗憾地说,已经给惯得有些过分了,那种自由程度在我的小时候听都没听说过。父母的这种迁就,会让报应来得很快,往往还是要命的。我希望,儿子……"兔爸爸说着,严厉地看了小乔吉一眼,"我希望你不要轻易忘记那些教训:我们的孙子和孙女,明妮、阿瑟、威尔弗雷德、萨拉、康斯坦斯、萨雷普塔、霍格思和克拉伦斯,都是过早地死在了猫科动物手里。"

小乔吉保证说，他不会的。提到失去的小家伙们，兔妈妈又哭起来，于是兔爸爸又继续往下说。（要是没有什么东西拦住他，他总会继续往

下说的。）

"在我担心的范围里，若有一条狗来成为咱们这里的新成员，可能会很受欢迎呢。十字路口胖男人家的那些乡下笨小子，简直不值得一位绅士去注意。偶尔让两只良种猎狗追捕一下，那可真是我的享受。哎呀，在那生我养我的，早熟禾的王国里……"

"是啊，我知道啦。"兔妈妈插嘴说，"我知道早熟禾的王国。可还有波奇呢，他可是咱们最好的朋友之一……"

"波奇还真是个问题。"兔爸爸同意道，"他的选择挺愚蠢的，正好在大房子的阴影里安了家，就像我经常向他指出的那样，这真是太不明智了。当然，若跟从前的住户在一起，那没关系。他甚至可以住在那家客厅里，只要他们愿意。但一有狗出现，他现在的住处就极为危险了。如果新搬来的家庭成员中包括狗，我就要再跟他提一提这事儿，还要态度非常坚决。"

但兔妈妈还是很担心,不许他打岔。"要做春季大扫除了。"她烦躁地说,"我都计划好了,这个星期要做完的,可你看这堆事儿,人们又跑进跑出的,好像一点空儿都没有。还有阿纳达斯叔叔,他住在高处丹伯里那边,米尔德丽德又结婚了,扔下他一个人。他老了,我都不能想象他的地洞到现在是个什么样子。我本来指望叫他下来过夏天,虽然食物不够。可现在新居民一来,还有狗,可能还有夹子、圈套、弹簧枪,没准儿还有毒药,我不知道该怎么办……我不知道该怎么办……"

"事实上……"兔爸爸说,"我想不出比现在更合适的时机,让阿纳达斯叔叔来做客了。有几个理由:第一,正像你指出的,米尔德丽德走后,他非常孤单,所以换换环境肯定会大有好处。第二,丹伯里那边食物的短缺情况嘛,我知道,比咱们这里还要严重。因为咱们有很多理由期待新居民是个庄稼人,那这房子周围可吃的东西就会大大增多。简单说,他来这里会吃得不错。第三,阿纳达斯叔叔现在是家里最老的成员,对于人类和他们做事的方式,他积累了许多年的经验。会不会最后证明,新居民很难打交道呢?我可不希望这样,但事先考虑到各种可能性总是好的。要应对这些可能发生的问题,阿纳达斯叔叔的建议和劝告,可是金玉良言啊。

"所以,我建议马上去请阿纳达斯叔叔来。要不是接下来这几天,这里有许多紧急事务需要我关心,我会很高兴自己去跑一趟。真的,眼下这任务必须落在小乔吉身上了。"

小乔吉一听自己被选中,心脏激动地猛跳起

来，但他还是尽量安静地躺在床上。因为这个安排让兔妈妈又有了新的担心，而兔爸爸正在安慰她别害怕。毕竟，小乔吉是个大男孩了，他跑得差不多跟爸爸一样快，也能识破绝大多数的诡计。前几个月，都是他去十字路口的胖男人那儿"采购"食物。他轻松地躲开了狗，还一天两次安全地穿过了黑马路。他认识去阿纳达斯叔叔家的路——去年秋天，他们都上去参加了米尔德丽德的婚礼呢。他为什么不能去呢？当然，山坡上正发生着这么多事儿，他一刻都不想错过，可是一直旅行到丹伯里那边，这多让人兴奋啊，再说，他就去两天。这么短的时间，不会发生多少事情的。

小乔吉渐渐睡着时，听见妈妈仍然在担心，而爸爸呢，仍然在说啊，说啊——说啊——说——啊——

小乔吉唱首歌儿
Little Georgie Sings a Song

　　天刚蒙蒙亮，小乔吉就上路了。兔妈妈尽管担心，还是给他准备了一份午餐，虽然不多，却很有营养呢。午餐和一封给阿纳达斯叔叔的信一起，装在一个小背包里，挂在小乔吉肩上。兔爸爸一直送他到双子桥。他们轻快地走下山坡时，整个儿山谷看起来就像一个雾湖，四处浮现的树梢好像湖中漂浮的小岛。旧果园里响起一阵合唱，那是鸟儿在迎接新的一天。鸟妈妈们打扫着鸟窝，叽叽咯咯地责备着。她们的男人们呢，都在最高的树枝上鸣唱着，尖叫着，互相嘲笑着。

那些人家都还沉睡着，就连十字路口胖男人的狗都很安静，但小动物们已经起床活动了。他们遇见灰狐狸从韦斯顿那边过夜回来。灰狐狸好像又困、脚又酸，脖领上还挂着几根鸡毛。红公鹿优雅地小跑着，穿过黑马路，来道了一声早安。但就这么一回，兔爸爸没有花多少时间来搞社交。他有重要的事儿要交代，乡下没有哪只兔子，比兔爸爸更了解自己的事儿了——也没有几只跟他一样了解。

"嗯，儿子，"他坚定地说，"你妈妈的状态非常紧张，你就不要再做一些不必要的冒险或者粗心大意的事儿，去增加她的担心啦。别闲逛，也别犯傻；要走在路的近旁，但注意别上去；过桥和过马路时，要看仔细。走到一座桥跟前，要怎么做呢？"

"我好好藏起来，"乔吉答道，"多等一会儿，四下看看有没有狗，看看路那头有没有汽车，路这头有没有汽车。都弄清楚了，就跑过去——要快。过去之后再藏起来，四下看看，好保证我没给发现。然后我再走。过马路也是一样。"

"很好。"兔爸爸说，"再讲讲那些狗。"

小乔吉闭上眼睛，恭敬地背起来："十字路口的胖男人有两条杂种狗；好山路有一条斑点狗；长山坡上的房子有一条柯利牧羊犬，吵闹，没嗅觉；诺菲尔德教堂拐角有一条警犬，很笨，没鼻子；高山脊上的红农舍有斗牛犬和塞特猎狗，都挺胖，不麻烦；有大谷仓的农舍有一条老猎狗，非常危险……"就这样，他清清楚楚地背出了去丹伯里沿路的每条狗，一个错误都没有。见兔爸爸满意地点着头，小乔吉骄傲起来，声音也放大了。

"棒极了。"兔爸爸说,"那你还记得怎么刹车和折返跑吗?"小乔吉又闭上眼睛,急急地背起来,语速快极了:"突然右转两次左转,两次左转两次右转,完全停下向后一弹,蹦向右边蹦向左边,一通乱转钻进石南。"

"太好了。"兔爸爸说,"那仔细听着:要迅速判断你所面对的狗,别为步子沉重的家伙浪费速度,你接下来还要用到呢。他要是能跑,你就刹车、折返跑,再一动不动。顺便说说,你那'一动不动'还是很糟糕,你总是想抽抽左耳朵。必须要小心。高山脊那片野地太空旷了,要走在石墙的阴影里,多注意那些土堆。那边有波奇的好多亲戚,要是你给逼得太紧,他们都会愿意让你进门的,只要告诉他们你是谁。最后也别忘了谢谢他们。一场追捕以后,要藏起来,至少休息十分钟。还有,如果你必须真的跑起来,要收紧背包带,紧紧系在耳朵后边,肚子贴着地,那就跑吧!

"喏,去吧,记住——别犯傻。我们盼着你

和阿纳达斯叔叔回来,最迟明天晚上。"

小乔吉用完美的方式过了双子桥,还回应了兔爸爸满意的招手,然后独自往前走去。

他穿过好山路时,雾气灰蒙蒙的,斑点狗还在睡着。接下来的柯利牧羊犬显然也是这样,因为小乔吉费劲地爬上长山坡时,一切都很安静。他到了诺菲尔德教堂拐角时,人们才开始起身,从厨房烟囱中升起了袅袅的蓝色烟缕,空气里油煎咸肉的味道非常好闻。

那条警犬向他冲来的样子,跟小乔吉预想的一样,他可没为这事儿耽误一点儿时间。他逗弄地慢慢轻跳着,快跑到埋在石南丛中的一棵倒下的老苹果树旁,猛地停下来,往右一蹦,就一动不动了。那畜生吼叫着越过他,一头扎进了荆棘丛。对小乔吉来说,警犬那痛苦的号叫真是美妙的音乐。他镇静地蹦向高山脊那边,真希望爸爸在这儿,好看看他刚才做得多么灵巧,并注意到了在一动不动时,左耳朵一次都没抽抽。

他出现在高山脊上时,太阳已经高高升起。红农舍的门廊上,胖斗牛犬和塞特猎狗沐浴着温暖的阳光,睡得正香。换了别的时候,小乔吉肯定会忍不住去弄醒他们,好笑话他们拼命跑步的傻样子,但他还记着兔爸爸的命令,就老老实实地继续赶路了。

高山脊是一片又窄又长的开阔野地,对小乔吉来说很没意思。几英里又几英里,放眼望去都是绵延的树林与草地,这很美丽,但小乔吉不太注意风景。蔚蓝的天空和明亮的、小奶油松饼似的云彩也很美丽,这让小乔吉感觉很好,暖和的太阳也是一样。可是坦白说,他开始有点儿烦了。为了不那么无聊,他开始编一首小歌儿。

那歌词已经在他脑海里盘旋好几天了,曲子也是一样,但他就是没法把它们理顺了合在一起。他又是哼,又是唱,又是吹口哨,这样那样地试着歌词,唱唱停停,换着各种调子,终于编成了第一句,觉得满意了。于是,小乔吉把这句歌儿唱了一遍又一遍,好保证不会忘记,才开始编下一句。

他准是对歌儿太入神,才粗心起来,结果差点儿完蛋。他几乎没注意到自己经过了有大谷仓的农舍。他刚开始第四十七遍唱他的头一句歌儿时,只听一阵咆哮,那条老猎狗向他的脚跟冲来,离得那么近,他都能感觉到那热热的呼吸了。

小乔吉本能地狂跳几下,暂时躲过了伤害。他停了不到一秒钟,系紧背包带子,这就稳稳地

小跑起来。"别为步子沉重的家伙浪费速度。"这是兔爸爸定下的规矩。小乔吉试了几次刹车、折返和转圈儿,但他也知道,这实在没什么用。这一大片野地太光秃了,老猎狗呢,又懂得所有的花招。不管小乔吉怎么转,怎么躲,老猎狗总是脚步沉重地奔跑着,跟在他身后。小乔吉寻找着旱獭洞,可一个也看不见。"呃,我猜这回我必须跑到底啦。"小乔吉说。

他将背包带子再拉拉紧,系到耳朵后边,肚子贴着地,真跑起来。瞧他跑的那样子!

温暖的太阳让他的肌肉放松,清新的空气让他的精神爽快。小乔吉跳得一步比一步远,他从没觉得自己这样年轻和强壮过。他的腿儿好像盘

卷的钢铁弹簧,仿佛能自动协调地一缩一伸。他简直不用特意费劲儿,只要后脚"砰砰"地撞击地面就行。每次这么一撞,那些了不起的"弹簧"就会弹开,将他射向空中。他轻松地越过几道篱笆和石墙,就好像那只是鼹鼠的长土丘。哎呀,简直像在飞呢!他想形容一下时,就明白了,这正是燕子"嗖嗖"疾飞的感觉啊。他回头看了一眼,老猎狗已经被落在后边好远了,但还是吃力地追着。老猎狗老了,而且心里肯定很烦,可他小乔吉呢，每跳一步，都觉得更加强壮、更加有精神。但是，那个老傻瓜怎么还不放弃，掉头回家去呢？

跃过一道小斜坡的边缘时，乔吉突然明白了：他忘了木桩小溪！此刻小溪就躺在他面前，又宽又深，弯成一个大银环。他，兔爸爸的儿子，早熟禾王国绅士猎手的儿子，竟然给赶进了圈套！这种圈套，就连波奇也能躲开！眼下不管他向右转还是向左转，这小溪湾都会围住他，而老猎狗呢，也能轻易地堵住他。没办法，只能跳了！

他意识到了这讨厌的情况，却并没有放慢速度，还加了把劲儿。斜坡帮了忙，他开始惊人地飞跳起来。在他向后系着的耳边，风声呼啸而过。他还保持着冷静，就像兔爸爸所希望的那样。他在岸上选了一块又高又结实的地方，放开步子，好让自己跳得准确。

一次完美的起飞。他把腿上的每一丝肌肉都用在这最后一踢上，飞向了天空。他能看见身下奶油松饼似的云彩映在暗暗的水里，还能看见水底的小圆石,还有受惊的鲤鱼溅起的银色水花。鲤鱼是让他飞过的影子给吓着的。接着,随着惊人的"扑通"一声,他落在地上,翻了七个筋斗,滚进一丛茂盛的软草里。

他定住了,除了喘气,一动不动,盯着老猎狗"轰隆隆"地冲下斜坡,滑着站住。老猎狗厌烦地看看水面,之后慢慢往家走去,那吐出的舌头都快垂到地上了。

小乔吉累得气喘吁吁,不用记起兔爸爸那条"猛跑后休息十分钟"的规则,也知道自己该休息了。但他还记着午餐,就解开背包带,边吃午餐边休息。刚才有那么一会儿,他可真吓坏了,但一缓过气,午餐一下肚,他就又来了精神。

兔爸爸会生气的,确实,小乔吉犯了两个非常愚蠢的错误:他让自己受了惊吓,还直接跑进了一个危险的圈套。但那一跳呀!本县的历史上,还从来没有兔子跳过木桩小溪,就连兔爸爸也没有。小乔吉记下确切的地点,算出了这条小溪的宽度——至少有十八英尺呢！他精神一振，脑子里那首歌的歌词和调子突然就各就各位了。

新人来啦，哎呀！新人来啦，哎呀！新人来啦，哎呀！哎呀！哎呀！

小乔吉躺在温暖的草里，唱着他的歌儿——

新人来啦，哎呀！

新人来啦，哎呀！

新人来啦，哎呀！

哎呀！哎呀！

没有多少歌词,也没有多少调子。那调子只是升一点儿、降一点儿,又在开始的地方结束。很多人可能会觉得这太单调,但这歌儿很适合小乔吉。他大声唱了又小声唱,把它当成胜利的凯歌,当成遇到危险后又克服困难的英雄故事,唱了一遍又一遍。

一只红腹知更鸟从南边飞过来,停在一棵小树上,冲他叫道:"嗨,小乔吉,你来这上头干什么呢?"

"来接阿纳达斯叔叔。你刚才在山坡上吗?"

"刚离开呢。"知更鸟答道,"大家都很兴奋,好像有新居民要来了。"

"是啊,我知道。"小乔吉热情地叫道,"我刚为这件事编了一首歌儿,你想听听吗?它是这样……"

"不了,谢谢。"知更鸟叫道,"走啦——"他又飞走了。

小乔吉一点儿也不灰心,又唱了几遍歌儿,

背着背包,继续他的旅程。这首歌儿走路唱也很合适,所以他一直唱着,走过剩下的高山脊,走下大风坡,绕过乔治镇。直到傍晚,他踏上去丹伯里的路时,还唱着这首歌儿呢。

他刚唱完第四千次"哎呀",灌木丛里就传来一个尖尖的声音,打断了他:"哎呀……什么?"

小乔吉飞跑过去。"哎呀,天呐!"他叫道,"这……这不是阿纳达斯叔叔吗?"

"当然啦。"那声音轻轻笑道,"可不就是阿纳达斯叔叔。进来吧,小乔吉,进来吧——你从家来可够远的呀。我要是只狗,就会抓住你。真奇怪,你们家老伙计没教你要更加小心点儿吗?反正,进来吧。"

虽然兔妈妈挺担心阿纳达斯叔叔家的情况,说他这里没有女人帮着四处收拾东西,可她最悲观的时候也想象不到,小乔吉给迎进了一个多乱的洞里。

不用怀疑，这是个男人的家。小乔吉真羡慕这种单身汉的自由，可他也没法不承认，这里实在脏得要命，跳蚤又多又活跃。在外边过了一天后，感觉这屋里的空气特别沉闷，非常难闻。也许这是阿纳达斯叔叔抽的那种烟草的味儿吧——小乔吉希望是这样。叔叔做饭的手艺没什么可期盼的——他们的晚餐是一块又古老又干巴的芜菁。

吃完这顿粗劣的饭,小乔吉建议他们坐在外边,看一看兔妈妈的信。

"你给我读好吗,乔吉?"阿纳达斯叔叔说,"我那见鬼的眼镜也不知放哪儿去了。"小乔吉知道,叔叔不是不知道眼镜放哪儿了,而是根本就没有眼镜,他也从没学过认字,但这个样子总还是要做做的。小乔吉尽职地读起来:

亲爱的阿纳达斯叔叔:
希望你一切都好。但我知道,米尔德丽德结婚搬走以后,你很孤单。我们盼你来,跟我们一起过夏天。我们这里有新居民要来了,希望他们是庄稼人。如果他们是,我们就能吃得很好;但如果他们有狗或毒药或夹子或弹簧枪,也许你就不要拿生命来冒险吧,虽然你也没有多长的生命了。不管怎么说,我们还是盼着见到你。

你亲爱的侄女:莫莉

还有一条附言,说:"P.S. 请别让小乔吉弄湿脚。"但小乔吉没有大声读出来。瞧妈妈这想法!他,小乔吉,跃过木桩小溪的跳跃能手小乔吉,会弄湿脚吗?

"嗯。"阿纳达斯叔叔叫道,"嗯,这封信写得真亲切,真亲切!可我不知道该怎么办。当然啦,米丽[①]一走,这儿寂寞得见鬼。至于吃的嘛——在我见过的所有收藏胡萝卜的小气鬼中,这附近的人最小气,把胡萝卜看得最紧了。是啊,先生,我想我会去的。当然,新居民要来,可能是好事儿,也可能是坏事儿,反正我不相信他们。也别相信老居民,但跟老居民在一起,你的家族至少能知道应该多么不信任他们,跟新居民

---

① 米尔德丽德的昵称。

可就什么也不清楚。但我想我会去的，我想我会去的。你们娘做的香豌豆和生菜汤，还像以前那么棒吗？"

小乔吉向他保证，兔妈妈做的菜还那么棒，真盼着他现在就能来上一碗。"我还给新居民编了一首歌儿呢。"他热情地加上一句，"你想听听吗？"

"可能不想吧。"阿纳达斯叔叔回答，"你想在哪儿睡，就在哪儿睡吧，乔吉。我要收拾一些小玩意儿，明天应该早早出发。我会叫醒你的。"

小乔吉决定睡在外边的灌木丛下。这个夜晚非常暖和，阿纳达斯叔叔的地洞里又真的太难受了。他哼着歌儿，这回是把它当成了催眠曲。这是一首挺好的催眠曲，他还没哼完第三遍，就沉沉地睡着了。

阿纳达斯叔叔
Uncle Analdas

他们早早地出发了,因为阿纳达斯叔叔年纪实在大,必须不慌不忙地走在路上。但他脑子里净是诡计,对乡村又知道得很详尽,这大大弥补了他速度上的不足。他知道每条小路和捷径,每条狗和每个可以藏身的地方。一整天,他都在教小乔吉兔子谋生的花招。这些事儿，他知道得比兔爸爸还多。

他们一直走在石墙和树篱的影子里，远远绕开每栋养了危险狗儿的房子。他们想休息一会儿时，身边总会有个地洞，要不就是石南丛。在木桩小溪停下来吃午餐时，小乔吉指出了自己跳过的地方。他的这份骄傲也是可以理解的，他们还找到了小乔吉落地时，那深深的脚印儿呢。

阿纳达斯叔叔精明又有经验地盯着那宽宽的水面。"跳得好啊，乔吉。"他赞同地说，"跳得好。你们家老伙计做不到，我也做不到，就算壮年时也不行。是啊，先生——跳得好呢。但不应该让你自己受惊，也不应该给赶进这种困境。不，先生，这正是粗心大意。别妄想你们家老伙计会喜欢这事儿。"小乔吉很确定，兔爸爸是不会喜欢的。

午餐实在非常可怜，那是阿纳达斯叔叔从食品柜刮出来的碎渣儿，无论如何也算不上丰富。但太阳暖暖，天空蓝蓝，老绅士好像有意休息一会儿，讲演一番。

"你知道吗，乔吉？"他说着，舒舒服服地坐进深草里，"你整天唱着的那首歌儿——它算不上一首歌儿，也算不上一个调子，但意思却真不错，虽然你可能不知道。我来告诉你为什么——因为总是有新人要来，就为这个。总有新居民到来，也总有新时光到来。

"哎呀，看看咱们正走的这条路。我记得我爷爷告诉我，他爷爷告诉他，他爷爷经常提起老老年间，英国红衣士兵怎样在这条路上行进，直到丹伯里那边，又是吼叫，又是开枪，又是烧毁房子、谷仓和庄稼；这一带的居民呢，愤怒地乱跑着，也向士兵们开枪。许多人就埋在了这边的果园里。家园没有了，所有动物和食物也没有了，那是一段坏时光——真的太坏了。但那些士兵过去了，那种时光也过去了，总有新居民到来，也总有新时光到来。

"我们这些居民，只是继续养育你们年轻人，管好自己的事儿。但一直有新居民到来，没多久，整个山谷里就满是小作坊和工厂了。高山脊两边的田地，都密密地种满了小麦、土豆和洋葱。到处都是人，大马车'轰隆隆'地驶过这条路，洒出谷物和干草什么的。那是美好的时光，对大家来说都是。

"但很快，所有年轻人又在这条路上行军，都穿着蓝色的制服，唱着、笑着，带着纸包的饼干，枪上插着花儿。他们大多数人都没有再回来。老居民呢，或者慢慢消失，或者走掉了。作坊倒了，田地里长出野草，坏时光又来了。但爷爷奶奶们只是继续养育我们，管好自己的事儿。后来，又有新居民到来，黑马路啦、新房子啦、学校啦、汽车啦，就是最早的、你也知道的那些东西，又是好时光了。

"有好时光，乔吉，也有坏时光，但它们都会过去。有好居民，也有坏居民，他们也都会过去——但总会有新居民到来。所以你一直唱着的那首歌儿有点儿意思——不过除此以外，它真的很单调，真的很单调。我要打个盹儿，十分钟吧。你可得睁着眼睛。"

小乔吉睁着眼睛、竖着耳朵，他可不会再受惊吓了。他开始想阿纳达斯叔叔告诉他的事儿，但想事儿总让他感觉怪困的。他就在小溪里洗了洗脸和爪子，收拾了他和叔叔的背包之后，就看着岸上一根小树枝的影子。当影子表示整整十分钟过去时，他叫醒叔叔，继续赶路了。

阿纳达斯叔叔要离开的消息，在丹伯里这边的小动物之间传开了。许多小动物都跑出来，到

路边跟他说再见，祝他好运。高山脊一带的旱獭也来了，都想给波奇捎个信儿。所以小乔吉和阿纳达斯叔叔走下长山坡，向双子桥走去时，已经是傍晚了。他们又累又热，满身灰尘。走近北岔路口时，阿纳达斯叔叔好像在想着什么重要的事儿。一直到了小溪岸边，他才突然吐露了心事。

"乔吉，"他猛地开口，"我要做这事儿，是的，先生，我要做这事儿。你知道，女人可笑地喜欢和讲究某些事儿，你娘还特别讲究。我不知有见鬼的多少年没做这事儿了，但我现在要做。"

"做什么呀？"小乔吉迷惑地问。

"乔吉，"阿纳达斯叔叔严肃地说，"你给我听好了，因为你这辈子可能再也不会听见我说这句话了，乔吉——我要洗个澡！"

洗完澡后，他们干干净净、顺顺溜溜、精神振作地赶往兔子坡。小乔吉简直恨不能马上到

家。还离着老远就能看得很分明了，他不在时有什么事儿发生了：大房子的屋顶上补了新木板，闪着明亮的光，空气中尽是松木刨花和新鲜油漆的香味儿。

兔妈妈和兔爸爸高兴地出来迎接他们。阿纳达斯叔叔把他那几件小玩意儿放进客房时，小乔吉突然讲起了他的冒险经历。当然了，兔爸爸很生气，因为小乔吉那么粗心，竟会让老猎狗吓到；但听说小乔吉跳过木桩小溪那了不起的一跃时，他满心骄傲，就没有之前那么严厉了。

"还有，妈妈。"小乔吉兴奋地接着说，"我编了一首歌儿，它是——"

兔爸爸举起一只爪子，让大家安静。"听！"他说。大家就听着。起先，小乔吉什么也没听见；接着，他就突然听见了那声音。

整个儿山坡上都响起了小动物们的合唱，他们在唱他的歌儿——小乔吉的歌儿！

他能听见房子那边有波奇不合调子的吼声："新人来啦，哎呀"，还能听出臭鼬菲威、红公鹿和灰狐狸的声音。田鼠威利和他所有的兄弟姐妹那尖尖的高音，就像小小的、遥远的和声："哎呀，哎呀！"鼹鼠被泥土捂住的声音，是从草地上传来的。兔妈妈一边忙着做饭，一边哼唱着。就连

阿纳达斯叔叔也开心地闻着汤罐,偶尔沙哑地跟着唱道:"哎呀!"

比尔·希基和他的木匠们刚刚离开。卡车"嘎嘎"地驶下车道时,小乔吉听见他们都在吹口哨——吹着他的调子!

路那头的小屋里,蒂姆·麦格拉思正开心地敲打着他的拖拉机,在漫长的冬闲之后,他得修整它的形状。他的犁片非常干净、光亮,耙子也准备好了。他工作时,也唱着一首歌儿。

"你从哪儿学来这首歌儿的?"他太太玛丽在厨房窗户后面问。

"不知道。"蒂姆说,"哎呀!新人来啦,哎呀!新人……"

"这是好事儿,"玛丽插嘴道,"新居民来了是好事儿。过了冬天,咱们还没有多少活儿呢。真是好事儿。"

"……来啦,哎呀!现在就有好多活儿了。"蒂姆叫道,"要种菜园子,大园子呢;要整理草坪;北田地要耕开播种;砍木头,清灌木,修车道,挪树篱,放小鸡,好多活儿——哎呀,哎呀!新人来啦,哎……"

"我觉得这不算一首歌儿,"玛丽说,"但这是好事儿。"

不过,几分钟后,透过晚餐盘子的"叮当"声,蒂姆听见玛丽那不合调子的声音也在满意地轻声唱着:"……来啦,哎呀!新人来啦,哎呀!"

石匠路易·肯斯道克正在给他的卡车装货。他往车上扔着泥刀、水桶、锤子、铲子、胶管、水泥包和别的好多东西,都是明天要用的。他也哼唱着,基本不着调,但非常开心。很难说那调子是什么,歌词也很模糊,但听起来像是:"……人来啦,哎呀!新人来啦……"

拐角小店那里,戴利先生正在整理架子,排上新货。他不用整理很多,因为过了一个漫长而艰难的冬天,几乎没什么人来,他的架子上差不多和去年秋天一样,还是满满的。但是现在,冬天过去了,春天的第一股暖风温柔地爬进了敞开的门。

小青蛙在沼泽里喧闹着,好像雪橇铃儿"叮当"作响。

戴利先生坐在高凳子上,勾着他的清单,一边写字,一边唱着一首小歌儿——"新人——咖啡两打,咸牛肉,十二——来啦,哎呀!新人——淀粉三箱,火柴、胡椒、玉米淀粉、盐、姜汁汽水——来啦,哎呀!新人来啦——餐巾纸、醋、莳萝泡菜、干杏仁——哎呀!

"哎呀!哎呀!"

波奇坚持己见
Porkey Sits Tight

之后几天,山坡上尽是大活动。有那么多事儿发生,兔爸爸到处照看着,真是累坏了。菜园给耕开、耙过、整平了。这是个很富饶的菜园,比原来大了一倍,四周也没有树起篱笆,大家都很宽心。花圃里下了种、施了肥。整个儿草坪也都给翻起来、耙过、压平,准备重新下种。

这会儿正在耕北田地。蒂姆·麦格拉思开着他轰鸣的拖拉机,愉快地吹着口哨,看着褐色的泥土从犁头翻起,形成清晰、笔直的犁沟。在波奇家门口,波奇和兔爸爸赞许地看着这个过程。拖拉机刚一停止轰鸣,正在修石墙的路易·肯斯道克就对蒂姆叫道:"他们要在这儿种什么呀,蒂姆?"

"荞麦。"蒂姆答道,"现在种荞麦,之后把地再翻一遍,种苜蓿和梯牧草。"

"你听见那话了吗?"波奇欢喜地用胳膊肘捣捣兔爸爸,"荞麦!哎呀,一块好荞麦田,我简直等不及了。天呐,天呐!"

"你没听他们提到早熟禾吗,嗯?"兔爸爸满怀希望地说。

"没有。"波奇说,"有荞麦我就满足了,一个肯塔基的胃口,不会不喜欢它。我想,你家老太太听到这事儿,也会高兴的。她以前经常做的那种荞麦小蛋糕,可真是棒极了。想想吧!"他心醉神迷地叹了口气,"一整块荞麦田,你可能会说,就在我家前院里呀。"

"提到你家前院,我倒想起来了,波奇,"兔爸爸开口道,"我必须严肃地跟你谈一下,关于你现在住处存在的危险。新来的人会……"

波奇粗暴地打断了他。"如果你这些话的意思是又要让我搬家,那你不如省省吧——我不干。"他倔强地耸耸肩,"我就是不干,没得商量。山坡上哪儿都没有更好的地洞了。我已经为这里辛苦工作过,而且——反正我不干。"

"就像我说的那样……"兔爸爸继续说,"新来的人会把狗带到我们当中。你这里紧挨着房子,会极其危险的。"

"我们家族的人会照顾自己。"波奇嘟囔道。

"谁也不想怀疑你个人的勇气,波奇,或者怀疑你照顾自己的能力,"这下子,兔爸爸有点儿急躁了,"但你这种顽固、不讲道理的态度,会让你的朋友们非常痛苦。

"我已经跟公鹿和灰狐狸谈过这件事。我们坚定地认为,这里会有狗,可你还是要坚持拒绝听我们的理由。尽管会很遗憾,我们也只好强行绑走你,带你去一个更安全的地方。我们也跟菲威谈了,他也完全同意。你知道,他有办法让你的家好长时间无法居住。他已经完全准备好这么做了,如果需要的话。"

发出这个最后通牒之后,兔爸爸就大步走开了。但波奇只是更加顽固地耸耸肩,继续嘟囔着:

"我不干。我不干。"

兔爸爸找到菲威和灰狐狸。他们正在视察新修好的鸡舍和围栏。那围栏是用粗铁丝做的,但灰狐狸已经选好、标好了地点,打算从那下边挖地道进去。菲威比较喜欢个子小一些的鸡,他正认真想着如何直接挖到鸡舍底下。"时不时来只美味的小嫩鸡,那可真不错。"他说着,"但我要是能确定垃圾的情况,才不会去打扰他们呢。我真希望,新来的人没有那种新式垃圾桶,埋在地里,还盖着沉重的铁盖子的那种。哎呀,那东西实在危险,真不该用啊。"

"往木炭山那边去,我的一个表哥,就是让那种垃圾桶扣住了。他正确地打开了那玩意儿,正吃得高兴,'咣当'一声,盖子落了下来,把他扣里边了。整整一夜啊,他肯定吃够了垃圾。第二天早晨,女仆出来打开盖子时,肯定也受够了臭鼬。"菲威"咯咯"笑起来,"她当天就走了,真的。那些人活该,谁叫他们用那种危险的新发明呢。"

"也许他们会挖个坑，把垃圾埋掉。"兔爸爸出主意。

"那我也忍不了。"菲威答道，"那会是多大的浪费哟，美味的新鲜垃圾、变味儿的陈旧垃圾，还有罐头和脏土什么的，都混在一块儿。不，先生，我喜欢看见一个不错的老式垃圾桶，亲切地松松盖着盖儿。要是那些居民想得周到，会体谅别人，他们就该用那种垃圾桶。"

兔爸爸觉得这个话题有点儿恶心，就又溜达开了。不一会儿，他碰见了田鼠威利和他的朋友鼹鼠。

"晚上好啊，威廉[①]。"兔爸爸说，"我相信，北田地开耕之前，你所有的亲朋好友都成功挪走了'鼠'于自己的东西吧？"

"没错，先生，谢谢你的好心。"威利有礼貌地回答，"你及时通知了他们，他们都非常感谢你。"

[①] 威利的大名。

"没什么，没什么。"兔爸爸答道，"我只是碰巧听见麦格拉思先生提起，说他今天就要开始耕地，这才能把消息传开。我只希望某些居民也能听从建议，管好自己的家当。"

"你是说波奇吗？"威利问，"他不是个顽固的怪老头儿吗？"

兔爸爸严肃地盯着威利，说道："威廉，波奇先生是我们的社会里，最老和最受尊敬的成员之一，所以，他有权受到轻浮的年轻人相应的尊重。"

"是的，先生。"威利说。

"鼹鼠，"兔爸爸望着大房子那耙过的、平滑的前草坪，又说，"这片地方修整得很美，你很想在这儿打些出色的地洞吧？"

鼹鼠捡起一点儿泥土，用爪子搓碎。"有点儿软，但挖起来应该不错。"他说，"这会儿，所有的肉虫子都给赶开、吓跑了。但再等两三个星期，嫩草好好长出来时，肉虫子又会聚起来的。你知道，它们最爱美味的嫩草根了。那时候，我要真正地打几次猎呢。"

这时,小乔吉飞跑过来,连声嚷着新消息。"明天就来,老爸!"他喊道,"明天就来!我刚听见路易·肯斯道克跟蒂姆·麦格拉思说,他们得填好车道上那些洞,因为搬家的卡车明天就要来了。新居民也是……明天就来。"

"太好了!"兔爸爸说,"咱们终于可以了解新邻居的脾气秉性,也能弄清可能随他们到来的猫科或犬科动物的危害了。顺便说一下,乔吉,当着你妈妈可不要提起搬家卡车。你记得小思罗克莫顿吗?"

小乔吉记得很清楚,因为思罗克莫顿是兔妈妈非常喜欢的一个孙儿,就是被一辆搬家卡车送了命。从那以后,兔妈妈就非常害怕搬家卡车,怕到失去理智。

当然,消息像野火一样蔓延开去。整个儿夜晚,地洞里都充满唠叨、猜测和来来去去的客人。兔爸爸警告小乔吉不要提到卡车,是没有意义的，因为兔妈妈刚听说新居民很快要来，就叫道："搬家卡车！"跟着就大哭起来。她把围裙往脑后一扔，哭了一阵子，命令小乔吉明天要待在地洞里，等所有危险都过去后再出门。

"唉，莫莉，别这样，"阿纳达斯叔叔劝道，"这样没意思。像那样歪歪扭扭、丁零哐啷、尽是洞的车道，哪辆见鬼的卡车在上边开起来，都不会比一只箱龟快。再说了，我会在的。关于搬家卡车和居民，还有狗和猫，我有什么不懂呢？没有人不知道这一点。"

兔妈妈发誓说，她明天一整天都不会从地洞里探出头来。阿纳达斯叔叔捅捅兔爸爸的肋骨。"别担心。"他轻声说，"她会出去的，会一直跟咱们大家在一起，东瞧瞧，西看看。女人嘛，我也懂。"

搬家卡车
Moving Vans

这伟大的一天刚破晓,搬家卡车就来了。它们"嘎吱嘎吱"地摇摆着,"隆隆"地开过车道。司机们完全不知道,几十双明亮的小眼睛正盯着他们。月桂丛中,灌木丛中,高草丛中,所有小动物都聚在一起，盯着新人的到来。灰狐狸和红公鹿也来到松林边，站在那儿，像雕像似的一动不动。只有公鹿的大耳朵在来回转动，好捕捉每一丝游移的声音。卡车一去休息，就连兔妈妈也冒险走了出来。这会儿，她正坐在兔爸爸和阿纳达斯叔叔之间，紧紧抓着小乔吉的左耳朵不放呢。

动物看着家具卸下车。这让他们有机会通过这些财物，来判断新居民的性格，这是件非常有趣的事儿。兔爸爸发现了许多红木家具，散发着华丽的光泽。"这个嘛……"他满意地小声对兔妈妈说，"明显代表着贵族居民。我离开早熟禾王国后，还没见过这种东西呢。"

菲威欢快地扭动着，打断了他的话。车库后边，刚刚放下了一个老式垃圾桶，根本没有盖子。"嗯，我说这才是真正的居民。"菲威贪婪地看着，"就在那葡萄架底下，我可以在那儿吃饭和品尝甜点啦。"

阿纳达斯叔叔正用锐利的眼睛打量那各种各

样的工具，还有园艺用品。它们正给运进工具间去。"还没看见夹子和弹簧枪什么的。"他赞许地说，"有好多罐子和水壶，但是——可能是毒药，也可能不是——还说不准。"

路易·肯斯道克和蒂姆·麦格拉思都找到了机会，在房子周围逛来逛去，所以他们也能观察和评论。"看起来像是好居民的东西。"路易说。

"是啊。"蒂姆回答，"真不错。但还有那么许多书，我可忍不了这个。读书人总是显得挺古怪。我爷爷经常说：'读成书呆子。'他总归是对的。"

"哦，我不知道。"路易发表意见，"我以前认识一个小伙子，读过不少书，可是真不错。他两年前死了。"

搬家卡车卸完货,又"嘎吱嘎吱"地离开了车道。但动物们没有动地方,他们真正关心的,是那些新居民。下午三点左右,大家的耐性终于得到了报偿。他们看见一辆汽车开上了车道。那是一辆非常旧的汽车,行李鼓鼓囊囊,都快堆到了车外边。一阵兴奋的骚动席卷过围观的动物,每只眼睛都紧盯着房子的新主人。

男人第一个下车。他抽着烟斗,阿纳达斯叔叔赞许地闻着空气。"这下有我喜欢的东西啦。"他悄悄跟兔爸爸说,"我喜欢抽烟斗的男人,他们能给你警告。想想有的家伙,他们可能会在你打盹时穿过田地,你还不知道他们来了,他们就差点儿踩到你见鬼的背上;再想想抽烟斗的家伙呢,尤其是像这样一个强壮的棒家伙,哎呀,你隔着半英里,就能知道他来了。是啊,先生,我喜欢烟斗。"

兔爸爸点头表示赞同,但他的眼睛紧盯着那位女士不放。她从车上搬下了一个大篮子,正准备打开盖子。

兔妈妈屏住呼吸,所有的小田鼠都哆嗦起来。原来是一只巨大的虎斑灰猫出现在眼前。他伸伸前腿,又伸伸后腿,然后慢慢地、庄严地大步走上前门台阶,开始洗脸。他洗得很彻底,甚至伸开爪子,仔细舔着脚趾。然后呢,他在阳光里安顿下来,开始睡觉。

田鼠们喊喊嚓嚓,小声说着他们好害怕。兔妈妈呢,好像快晕倒了。但阿纳达斯叔叔那有经验的眼睛已经注意到了许多事儿,马上消除了他们的恐惧。"老啦。"他宣布,"比老家伙还老。他走得多么僵硬,你们没看到吗?那些牙齿——你们没见他打哈欠?都没牙了,只剩下一圈牙床。哼,他可伤不着任何人。我都愿意走过去踢他的脸——嗯,等哪天吧。"

大家的注意力又转回汽车上。那汽车颤抖着,奇怪地"嘎吱"直响。两三个包裹滚了出来,接着又是雪崩似的一大堆。一个肥胖的红脸女人将自己扔出后车门。

"呃，阿硫，这是咱们的新家。它会变得很可爱，不是吗？"那位女士爽朗地说。阿硫显得非常怀疑，用力拖着两个鼓鼓的手提箱，走向厨房的门。

菲威欣喜地拍拍兔爸爸的后背说道："会有垃圾吗？会有吗？哦，天呐，天呐！我从没见过这样体型、这样块头的人，会不扔出最讲究的垃圾！还会有好多像鸡翅啦，鸭背啦，火腿骨头啦——都会做得恰到好处！"

"是个能当优秀厨师的人。"兔爸爸赞同道，"一般说来，这种人也会非常大方，了解你们的需求和习惯，在这里很少见，但在那早熟禾的王国……"

"哦，你和你的早熟禾。"菲威打断了他。

"闭上嘴，睁大眼吧！"阿纳达斯叔叔尖刻地说，"看他们有没有卸下什么夹子、弹簧枪、毒药、步枪、猎枪、圈套和网子什么的。"

他们看到最后,直到所有的包裹都给卸下来,搬了进去。黄昏的影子伸到猫身上。他们看见猫儿僵硬地站起来,伸个懒腰,绕着厨房门走来走去。然后他们就散去,各自回家了,一路上聊着今天的事儿。

大家都觉得很满意:没有夹子、弹簧枪或者别的致命武器的迹象;猫儿明显是无害的;也没有狗。

夜晚安歇时,他们看见大房子又亮起灯光,看见人们活动着,听见厨房里传来喜气洋洋的盘子的"叮当"声,觉得真是愉快。山胡桃木的烟味儿升在空中,也很舒服。小乔吉从房子近旁经过,能听见客厅的火中,木柴"噼啪"作响。他开心地哼唱着:

新人来啦,哎呀!

新人来啦,哎呀!

读成书呆子
Reading Rots the Mind

　　新居民可能没有意识到这一点：接下来的几天，一直有人在坚持考察他们。整天整天，高草里都有明亮的小眼睛，盯着他们的一举一动，那竖起的小耳朵，听着他们的一言一词。

　　就在第一天早上，兔爸爸和阿纳达斯叔叔决

定试试那只猫。他们听说，猫的名字叫"马尔登先生"。猫儿躺在前门台阶上，在明亮的阳光里，打量着他的新环境。这时，兔爸爸蹦过前草坪，离他只有几英尺远。马尔登先生只是懒散地看了他一眼，就继续望风景了。阿纳达斯叔叔也去试了试，但没有像自己吹嘘的那样去踢猫儿的脸。他确实跑得很近，尘土都扬到了猫儿身上。那老猫却抖掉尘土，打了个哈欠，继续睡觉。

这下，田鼠威利和几个表亲的胆子也大了起来，围成一个半圆，嘲笑着，做着鬼脸，还跳上跳下，无礼地唱道：

　　马尔登先生
　　是只老浣熊，
　　哟！哟！哟！

但马尔登先生只是伸出一只爪子，堵住耳朵，继续安睡着。

"哼。"阿纳达斯叔叔嘟囔道，"他伤不着任何人。"

兔爸爸一直盼着确认新来的居民是不是真正的贵族,因为他非常重视好的规矩和教养。这天还没到傍晚,他就有机会了。居民们出门上了汽车。兔爸爸和几个朋友耐心地守在车道旁边,等他们回来。汽车"隆隆"开上车道时,兔爸爸跳了出去,正挡在驶过来的车轮跟前。

那个男人猛踩刹车,急停下来。接着,他和那位女士都举起帽子,齐声说:"晚上好,先生,祝你好运。"这才戴回帽子,慢慢地、仔细地开起车来。

兔爸爸满意极了。"好啦,"他对其他的动物宣布,"你们现在能见识真正高贵和良好的教养了。并不是说我后来到的这个州的居民规矩不好,但我必须要说,自从定居在这里,我还是第一次遇到这种友善又体贴的礼节。这在我生长的地方是很常见的,在那早熟禾……"

"哦,你和你的早熟禾。"菲威嗤之以鼻,"我对他们的习惯没兴趣,我感兴趣的是他们的垃圾。"

"你会找到的,菲威,"兔爸爸有些激动地说,"好教养跟好垃圾密不可分。"

他们的争论给打断了,烟斗味儿总是会比那个男人先飘过来。男人拿着一根棍子,上边钉着一个简洁的木牌,还有一根铁撬棍、一把锤子和一些别的工具。大家都热切地看着男人走过来,把牌子竖在车道入口内侧。

"上边写的什么,乔吉?帮我念出来吧。"阿纳达斯叔叔小声地说,"见鬼的眼镜好像又不知放哪儿去了。"

小乔吉读了出来:"上面写着:'为——了——小——动物——请——小心——驾驶。'"

"好哇!我说这可真好心。"阿纳达斯叔叔赞许地说,"你们的娘听见这个,肯定会高兴的,乔吉。'为了小动物,请小心驾驶。'是啊,先生,想得真周到啊!"

为了小动物
请小心驾驶

　　新居民很快开始从各方面表现出,他们符合小动物们关于"好居民"的高标准。一群好朋友聚在山坡上时,灰狐狸给大家举出了一件让他更加满意的小事儿。

　　"他们好像是非常明智、有见识的居民。"灰狐狸说,"挺安静,也挺友好。哎呀,就在昨天傍晚,我在这周围探察,老觉得有股炸鸡味儿。我钻进带围墙的小菜园,就是放着长凳的那个。

我没太留神,那个男人呢,他也没在抽烟斗,不然我会知道他在附近的。等我明白过来时,已经走到了他跟前,真可以说是跟他脸对脸啊。他正读着一本书,抬头看了看。你们猜他怎么着?不怎么着,就这样。他就坐在那儿,看着我,我也站在那儿看着他。他说了句'哦,你好',就接着读书去了。我呢,就接着干我的事儿呗。这才是那种能称得上'居民'的人呢。"

"至于那位女士……"波奇赞许地点点头,嘟囔道,"你们谁听见另一天下午那场喧闹了吗?呃,先生,我出来在这田地里闲逛,也是不太小心吧,我想,天还没黑,我就走到了开阔地里。突然,十字路口最大的那条狗直向我扑来。当然了,我不害怕,可真是窘极了,后背都没有东西挡一挡。我只好摆出打架的姿势吓唬他,让他快走开。早在两三年前,我就给他鼻子上添了两道伤口,所以他不敢过来,而是开始转圈儿,想抄我的后路。他就在那儿又叫、又吼、又跑。这时,那位女士走出刚才干活儿的菜园,拿着一块石头,有甜瓜那么大。

"她好好看了看情况,就站稳脚跟,往后一退,好嘛,'啪'地给了狗一下子!正中他的肋骨。'汪,汪!'那狗叫唤得呀,在木炭山都能听清楚!"

"可不是嘛。"兔爸爸同意道,"我就听见了。那天下午,我正好去我女儿榛子家做客,她就住在木炭山。我听见那号叫了,清楚极了——一点儿都不开心。"

"接着她又怎样了呢?"波奇继续说,"哎呀,她只是拍拍手看着我,要多冷静有多冷静,笑嘻嘻地说:'你怎么不睁大你的眼睛呢,傻瓜?'说完就回去接着挖地了。嗯,我从来没在早熟禾的王国里住过,所以一点儿不知道贵族啊、地位啊什么的,但我相信这个——谁敢否认呢——"他跺着地面,好斗似的环视这个小圈子,"我相信,谁要是能像那样扔石头,她就是一位贵妇人!"

接着，关于波奇的地洞，发生了一场小小的争论。在人类眼里可能是小小的，但对动物们来说，可是非常重要。

路易·肯斯道克正在重砌波奇地洞上的那道石墙。他靠近洞口时，那个男人说："咱们让过那片墙吧，路易·肯斯道克先生，那下边住着一只旱獭呢，咱们真不应该打扰他。"

"让过去？"路易吃惊地叫道，"哎呀，你不能让那只旱獭住在那儿，他会毁了你的菜园子的。我正打算明天拿猎枪来打死他呢。"

"不,别打。"男人坚决地说。

"那我可以给他下个夹子。"路易出主意。

"不,也别用夹子。"那位女士同样坚决地说。

路易迷惑地抓抓脑袋。"呃,当然啦,这是你们的地方,你们要是愿意那样,好吧。"他说,"可这看起来会滑稽得要命:一大块破败的老石墙,夹在新修的墙中间。"

"哦,我觉得挺好的。"男人笑着说。他们往前走了。

蒂姆·麦格拉思溜达过来时,路易还在抓着脑袋。"关于那些读书太多的人,我跟你说什么来着?"蒂姆问道,"他们通常会变得很古怪,就是那样。哎呀,这儿就有那种人,随你想象吧,又亲切,说话又有礼貌——可就是古怪。我昨天还告诉他们,说必须除掉那些鼹鼠,我可以带两个夹子来,下在这边。可那位女士很快地说,就像刚才跟你说的那样:'不,别用夹子。'那我就

说，我可以弄些好毒药放在外边。男人却说：'不，别用毒药。'

"'呃，那到底……'我说，'我怎么给你们弄出还看得过去的草坪呢？有这些鼹鼠在里边到处挖着。'你猜他怎么说？'哦，经常压压平就行了。'他说，'经常压压平，他们就会失望地走开。'失望，你听听！"蒂姆嗤之以鼻，"他说是在书上读到的。"

"还有呢，就在今天早上，"蒂姆又说，"我告诉他们，应该在菜园四周搭一道篱笆。'哎呀，'我说，'要是没有篱笆围着，你们永远不会有菜园。这山坡上尽是动物，兔子啦、土拨鼠啦、浣熊啦、鹿啦、野鸡啦、臭鼬啦，什么的。'你猜那女士又说了什么？"

"我可猜不出来。"路易答道。

"可不是嘛。"蒂姆说，"'我们喜欢他们。'她说，'他们那么美丽。'美丽，你听听！'他们也一定很饿。'她又说。

"'说得对,女士。'我说,'他们可饿着呢,回头蔬菜长出来,你就知道倒霉了。'

"这时那男人插嘴了。'哦,我想,我们会跟他们处得挺好的。'他说,'我觉得东西会够我们大家吃。'我们大家,你听听。'所以我们规划的菜园才那么大。'他说。"

蒂姆伤心地摇摇头:"好像很可惜呢,好居民,说话又有礼貌什么的——可就是古怪,甚至可以说是疯子呀。我觉得,都是读了太多书闹的。我爷爷说得对。'读成书呆子。'他总是这样说。"

路易捡起锤子,灵巧地敲开一块石头。"是好居民,不过嘛……"他说,"显得可够糟糕。"

田鼠威利每天晚上都被派去观察新居民。当然不是那种无礼的刺探,但小动物们自然有兴趣知道人们正在为山坡计划着什么。毕竟,这是他们的山坡。

客厅窗户边有个雨水桶,威利可以爬到桶顶

上,再跳上窗台。夜晚还很凉,大房子的壁炉里"噼啪"地生着火,但窗户经常开一条小缝儿。威利坐在窗台的暗影里,可以安全地观察那些居民,听着他们的菜园计划。今晚,他们淹没在一大堆目录里,正列出自己想种的种子和植物清单。

威利非常努力地记住了所有的东西,这会儿正在报告。兔妈妈、兔爸爸、阿纳达斯叔叔、菲威、波奇和别的几位居民都坐在兔子洞外,专心地听着。

"有小萝卜……"威利一边掰爪子,一边背诵道,"胡萝卜、豌豆、豆子……豆角和利马豆……生菜……"

"香豌豆和生菜汤。"兔妈妈开心地叹了口气。

"玉米、菠菜、甘蓝、芜菁、苤蓝、西兰花……"

"忍不了那些外国吃食。"阿纳达斯叔叔抱怨道,被兔妈妈"嘘"了一声,让威利继续说下去,"芹菜、食用大黄、土豆、西红柿、辣椒、卷心菜(紫的和白的)、菜花、覆盆子(黑的和红的)、草莓、甜瓜、芦笋……我就记住这么多……哦,对了,还有黄瓜跟南瓜。"

威利报告完了,深深地吸了口气。动物群里扫过一阵兴奋、开心的"嗡嗡"声。谈话很快合成一片争吵,说着哪种蔬菜应该归谁家。但兔爸爸站起身,大声要他们注意时,大家又安静下来。

"你们很明白……"兔爸爸坚定地说,"咱们山坡的习惯,是要在'分配之夜'解决所有这些问题。我想,今年是在五月二十六日。那天晚上,咱们会像平时一样,聚到菜园里,给每只动物和他家分配蔬菜,按规矩,他们有权品尝。"

"那我算什么呢?"阿纳达斯叔叔问,"我在这儿只是个客人。"

"是我家的客人。"兔爸爸回答,"你当然会分到合乎习惯的一份。"

"哦,我的天,会分到的。"阿纳达斯叔叔说。

威利糟糕的夜晚
Willie's Bad Night

早熟禾差点儿毁了田鼠威利。这天晚上，他正跟平常一样待在窗台上，看着、听着大房子里的人说话。他们计划完了菜园的事儿，正聊着草种。威利不是特别感兴趣，爱听不听的。突然，他让一个熟悉的词儿惊了一下。

"这本书……"男人说,"推荐了一个品种,是红顶草、白苜蓿和肯塔基早熟禾杂交的。"

早熟禾!肯塔基早熟禾!兔爸爸不是会很高兴吗?一定要马上告诉他!

威利一匆忙、一激动,就不可原谅地粗心起来。他应该记得的,那个雨水桶的盖子又旧又糟,上边还有几个危险的洞,可他忘了。他跳下窗台,正好落在一个洞里。掉进桶里去时,他疯狂地乱抓着,可那糟木头在他的爪子下碎了。他又害怕、又厌烦地栽进了冰凉的水里。

他喘息着冒出头来,那种寒冷好像挤出了他肺里所有的空气。他全力地疯狂尖叫了一声"救命",就又没进水里。再冒出头时,他已经很无力了。他弱弱地挣扎着,游向桶边,但桶壁滑滑的,长着苔藓,他的爪子已麻木得抓不住。他又微弱地尖叫一声——为什么没人来帮他呢?兔爸爸、小乔吉或菲威都行啊。水最后一次没过他时,他朦胧地意识到了一个声音,还有一道明亮的灯光。接着，灯光消失了，一切都消失了。

　　过了好久，他不知道有多久，威利扑闪着睁开了眼睛。他隐约觉得身上还是湿的，一阵阵控制不住地哆嗦着。他好像躺在一个窝里，周围是些白白软软的东西，非常舒服。他能看见跳动的火焰的红光，感觉到温和的暖意。他的眼睛又闭上了。

　　再次睁开眼时，他看见人们的脸俯在他床上。离得这么近看到人，是很可怕的事。他们会显得非常大，好像噩梦里的东西。他想钻进软软的棉花里，却突然闻到了热牛奶的味道。有人把一根药用滴管举到他跟前，那头上挂着一滴白色的东西。威利无力地舔了一口——味道真美。牛奶里

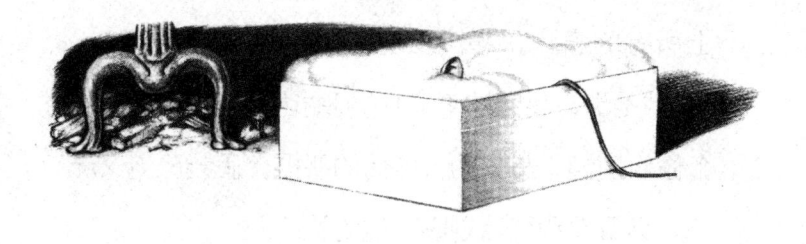

还加了别的东西,让他全身都热乎起来。他觉得有劲儿多了,就把滴管全部吸空了。啊,好多啦!他的肚子鼓鼓的,装满了让人安心的温暖食物,之后垂下眼皮,又睡着了。

威利没能回去报告,等在地洞里的动物们都慌张起来。兔爸爸和阿纳达斯叔叔马上组织了搜寻队,却根本找不到威利的踪影。

菲威当时正在垃圾桶那儿享受美食。他报告说,他听见了一声老鼠叫,还看见人们拿着手电筒出了房子,在雨水桶那儿做了些什么事儿。但到底是什么事儿呢,他也不知道。

威利最大的表哥爬上窗台,却发现窗户关着。灰松鼠被叫醒了,派上屋顶去调查。他倾听过楼上所有的窗户,却没发现什么不平常的事儿。

"是那只见鬼的老猫!"阿纳达斯叔叔吼道,"那个偷偷摸摸、骗人的、虚伪的恶棍,假装又老又无害,真希望我照计划踢了他的脸。"

波奇更愿意怪罪蒂姆·麦格拉思。"是他和他的夹子。"他争论道，"他总是下夹子、下毒药的，很可能是他让那些人给威利下夹子的。"

兔爸爸没怎么说话，但他和阿纳达斯叔叔还有小乔吉整夜都在山坡上跑，像塞特猎狗一样，搜遍了每一英寸田地和墙，查看了每一丛灌木底下。快天亮时，他们承认失败，疲倦地回到地洞里。在那儿，兔妈妈红着眼睛、抽着鼻子，已经给他们做好了热乎乎的早餐。

在所有的动物中，鼹鼠的愤怒和悲伤最让人同情。他的朋友和眼睛丢了，他却没法帮着找！

"我要惩罚他们！"他坚决地说，"我要惩罚他们！永远没有一棵草能在这里扎根——永远！也没有一个球茎或一丛灌木能安下家来。我要把它们连根挖掉，撕成碎片。我要挖洞、扔土、乱翻。我要叫来从这儿到丹伯里那边所有的亲戚朋友，把这里弄得四分五裂，非要他们希望自己从没……"

他疯狂地扎进那刚压过的、整齐的前草坪，

泥土捂住了他发出的威胁。其他的动物整夜都能听见他的哼声,看见地面一波波地起伏着,好像凌乱的水面。

威利再次醒来时,天灰蒙蒙的,刚刚亮。屋里很凉,但壁炉里还闷着一些余火,砖块散发着舒适的暖意。他爬出睡觉的纸板盒,靠近发着红光的煤块。他全身肌肉又僵硬、又酸疼,走起路来还是有点儿摇晃,但除此之外感觉都不错。他给自己舔舔抓抓,觉得好多了。那热牛奶跟里边加的不知什么东西,尝起来味道真是很好,他想再喝一些。他应该回家的,可是没法出去——门和窗户都关着呢。

太阳升起来后,他才听见有脚步声穿过房子,走近前来。他闻到一丝那男人烟斗的气味,听见马尔登先生的爪子软软地拍着地板。威利疯狂地寻找着藏身的地方,但没有合适的。壁炉两边都是书架，从地面直顶到天花板。门开了，他不顾一切地跳上第一排书的顶上，蹲在最暗的角落里。

人们一进来就去检查那个纸板盒。"呃，呃，他跑啦。"男人说，"肯定是好多了。可他在哪儿呢？"

女士没有回答。她盯着马尔登先生。那猫儿正无所事事地往书架那边逛去。

威利尽量地往角落深处缩进去，心脏疯狂地"砰砰"直跳。大猫越来越近了。这会儿，那猫头显得特别大，猫嘴张着，露出两排白白的尖牙，猫眼像是闪闪发光的黄色煤块。威利吓得定住了，只能无助地看着那红色的嘴巴越张越大。他都能感到那嘴里喷出的热乎乎的气息，还带着罐头鲑鱼的味道。

马尔登先生打了个喷嚏。

"他在这儿呢，"那位女士静静地说，"在书上，角落里。过来，马利①，别吓唬那可怜的小东西了，他已经够倒霉了。"她坐下来，猫儿僵硬地溜达过去，跳上她的膝盖，安顿好了，便打起盹儿来。男人打开大门，也坐下来。

过了一会儿，威利才喘过气来，心跳也正常了。他冒险往前挪去，一次只挪一英寸。什么事儿也没有，于是他开始在屋里长跑。他紧贴着墙，在每件家具下都停一会儿。终于，他快到门口了。

---

① 马尔登的昵称。

在最后冲刺之前,他飞快地回望了一眼。

那位女士还静静地坐在那儿,手指慢慢地抚摸着马尔登先生的下巴。猫儿轻轻打着呼噜,那种声音跟男人抽烟斗时规律的"咕噜"声没什么不同。

威利一阵猛跑,冲进阳光下,穿过台阶。尽管处在重获自由的激动中,看到前草坪的样子时,他还是不得不停下来:那压过的平滑表面,现在成了一条条、一圈圈的,纵横交错,简直像碎布被单的图案一样,全是鼹鼠的地道,简直没有一英尺没给祸害过。他跳到最近的地道边,挖了两下,钻了下去。

"鼹鼠!鼹鼠!"他喊着,在充满回声的隧道里飞跑,"我在这儿呐,鼹鼠,是我呀——小威利。"

蒂姆·麦格拉思两手叉腰,站在前草坪上,检查着他辛劳成果的残迹。他的下巴红得发紫,忍着怒气，脖子好像都变粗了。

"瞧瞧！"他气急败坏地说，"瞧瞧吧！这些鼹鼠，我跟你们说什么来着？还'不，别用夹子'，当然不用啦！'别用毒药'，哦，天呐，不用！那就瞧吧！"

男人很抱歉地吸着烟斗。"真是够乱的，是吧？"他承认道，"我想，咱们只要再压一遍就行了。"

蒂姆·麦格拉思呆望着天空，轻声嘀咕："咱们只要再压一遍！咱们只要再压一遍！哦，上帝，赐给我力量吧。"他不耐烦地、沉重地走开，去拿耙子和滚子了。

分配之夜
Dividing Night

白天在变长，太阳越爬越高。随着白天的变长，小动物们的情绪也越来越高涨。菜园里那一排排长长的、鲜艳的绿色蔬菜，让他们激动不已。现在，草坪也铺上了厚厚的新草地毯，非常光滑、非常美丽。因为鼹鼠为自己那次毁灭性的乱跑深感抱歉,后来就彻底躲开了这里。每天晚上,兔爸爸都来视察早熟禾。它们长得很慢,今年还不会有太多,但是——哦,天呐,明年夏天再看吧!波奇呢,他在地洞口,非常满意地望着那茂盛的荞麦田。

鸡舍里,数不清的小鸡仔跑动着,刨着地,"叽叽"叫着,没完没了。鸡妈妈"咯咯"地训斥着他们。晚餐时,菲威和灰狐狸经常会在那儿停留一会儿,打量着那情景。但菲威已经很满足,阿硫扔垃圾非常慷慨,很快他就对活鸡没什么兴趣了。他甚至劝狐狸试试阿硫的手艺。狐狸起先很鄙视这个主意,说他宁可要新鲜的鸡肉,但尝了阿硫做的一块南方炸鸡翅之后,他完全被说服了,现在经常加入菲威的午夜大餐会。

动物们每天晚上都去视察菜园。种子袋都捆在棍子上,竖在每排蔬菜的尽头。大家仔细地看着它们,尽是"哦"、"啊"地赞叹着袋子上那些颜色鲜艳的图画。当然啦,小乔吉得给阿纳达斯

叔叔念出来,因为叔叔的眼镜总是不知道放哪儿去了。

每只动物都记下了哪些长成的蔬菜,是他家喜欢和需要的,好为"分配之夜"做准备。

当那个等待好久的时刻终于到来时,大家比平常少了许多争论,因为菜园那么大,看上去分给大家,就算是分给最挑剔的动物,也都足够了。

这是个月光明亮的晚上,山坡上每只动物都聚到了一起,提出自己的要求。由菲威和灰狐狸担任法官,因为他们不吃素,肯定会做出公正无私的决定。当然，兔爸爸说的话最多。

出现了一个问题，是以前"分配之夜"没有过的——田鼠威利和他的亲戚非常感谢居民们把威利救出雨水桶，他们提议留出一小块菜园，给房子里的人专用。兔妈妈热切地支持这个建议，因为她被竖在车道边的牌子深深感动了。大家讨论了好半天，但波奇好像代表了多数动物的主张。他说："让他们抠咱们挑剩下的吧。人们从不考虑咱们的需要，那咱们为什么要给他们特殊待遇呢？这可不民主啊。"田鼠的动议就这样被投票否决了。

对在场的有些动物来说，阿纳达斯叔叔的要求显得有些过分。毕竟，他不是山坡上的常住居民，但既然他是兔爸爸和兔妈妈的客人，而那两位都很受尊敬，也就没人公开批评他。只是有的动物伸爪挡住嘴，说了几句不高兴的闲话。

总体来说，会议算是既愉快又有秩序，和以前那些很不相同。以前的居民那又贫乏、又荒凉

的菜园，总会引起大家长时间的激烈争吵。

兔爸爸在结束演说前提出了一个想法。"咱们好像……"他说，"让最慷慨、最有教养和最友好的居民保佑着。他们现在种的东西保证了菜园的富饶，能关照咱们好多年呢。所以我希望，大家要严格地坚持那些习惯和规则，山坡上的动物可是一直都遵守它们的。

"每只动物那一份，是专门给他和他的家庭

使用和享受的。谁要是侵占了不属于他的财产，就要冒着被放逐出我们这一带的风险。

"最后，在夏至节前夜之前，什么也不许碰。这个规矩最最重要，因为长期的经验已经告诉我们：过早地对农作物下手，只会让大家的日子都过得更艰难；允许它们成熟起来，才会有更丰富的东西供应给大家。我希望你们都有这种耐心和自制力，咱们山坡的动物可是以这个

闻名的。我们这些负责盯着执行规则的动物，最好不要被叫来行使惩罚措施啊。我也想提醒你，波奇，还有你，狐狸，这个对蔬菜的禁令也适用于荞麦、小鸡和鸭子，对吧？"

"我是没问题啦。"菲威大声说,"又不是垃圾禁猎期。来吧,狐狸,今晚是炸鸡之夜。我提议休会。"

动物们散了会,各自往家逛去,心里再满意不过。一群年轻动物边走边唱着《快乐日子又来到》。当然,还要等好久才到夏至节,但现在田里已经绿了,已有许多野生的粮草,这个菜园保证会有丰硕的收成。主妇们都在计划着储存食

物和做罐头的事儿。兔妈妈提出要一个新的储藏室，这事儿她想了好久了。阿纳达斯叔叔可以帮着开挖。小乔吉呢，已经能够非常灵巧地使用工具，所以就负责做架子。然后，小乔吉被派到十字路口的胖男人那儿去，弄回几样早市上忘拿的东西。兔妈妈呢，就坐在地洞前，继续列着她的储藏室计划。

突然，夜晚的宁静被一阵可怕的声音划破了。那声音让所有乡村居民的心，都恐惧地颤抖起来——是一阵长长的、扬起的、尖锐的刹车声，带着轮胎打滑的哀鸣。一阵凝固的静寂之后，有个男人在黑马路上咒骂了几句，马达重新咆哮着，一辆汽车开过来。

兔妈妈倒吸一口凉气："乔吉！"她歇斯底里起来。兔爸爸和阿纳达斯叔叔很快冲向路边。他们听见灌木丛被分开了，红公鹿"隆隆"地冲下山坡，还听见波奇"呼哧呼哧"地跑着，田鼠们"吱吱"地赶过去。

但房子里的居民比他们大家都快。兔爸爸听见他们的脚步声在砾石车道上奔跑，看见手电筒射出蓝白色的灯光。

动物们围在灌木丛外，盯着那可怕的黑马路。在那儿，人们弯腰看着一个小小的瘸家伙。他们听见那个男人说："喏，拿着手电筒。"看见他迅速脱下上衣，铺在路上，一边跪下去，一边说："好啦，好啦。"他温柔地把什么东西包在衣服里。接着，动物们看见他大步走上车道，小心地抱着那个包裹。他们看见，那位女士的脸在月光下又苍白、又憔悴，还听见她说着一些女士永远不该说的话。

阴云笼罩山坡
Clouds Over the Hill

　　黑暗的悲痛笼罩了山坡。在所有的年轻动物中，小乔吉是最可爱的。他那快乐而充满朝气的热情，总是能照亮上年纪动物的生活；他那无穷的主动性，对兔妈妈来说非常宝贵；对兔爸爸来说呢，他是个聪明的学生，又是个性情相投的打猎伙伴，他们一起长途奔跑，许多次用计欺骗和打败过笨拙的狗儿。现在，这一切都涌上了可怜的兔爸爸的心头，他被无法释怀的悲痛压倒了。

兔妈妈病倒在床上。他们的女儿榛子被从木炭山那边叫来，好替她料理家务。榛子不是个太好的厨师，还带来了三个最小的孩子。孩子们没意义地唠叨着，闹得阿纳达斯叔叔要发疯。他尽量躲出地洞，跟菲威、波奇或红公鹿在一起，打发着漫长而沉闷的时间。

"他跑得多棒啊，"公鹿难过地说，"多棒啊。有好多次，他跟我一直跑到韦斯顿那边，没什么事儿，就为了好玩儿。跑到那儿，早餐之前再跑回来。他可真年轻。有时我问：'你累了吗，乔吉？'他光是笑。'累？'他说，'这才刚热完身呢。'然后又跑了。有时，我真要用尽全力，才能追上他呢。"

"他跳得也棒。"阿纳达斯叔叔说，"他一下就跳过了木桩小溪。我亲眼看见了那个地方——至少有十八英尺宽。以前从没有兔子能做到，以后也不会有了。"

波奇摇摇头说："他还很快活,总是笑啊唱啊。现在一切都不对了。"

"那些见鬼的汽车。"阿纳达斯叔叔怒气冲冲地说,"我要修理他们!我要毁了他们。等着瞧吧,哪天夜里下大雨,见鬼的黑马路又光又滑时,我要藏在山脚附近的弯道下边,等他们吼着乱冲过来,我就从他们跟前跳过去。这能让他们清醒一下!你们将看到,他们会猛踩刹车、侧滑、晃晃悠悠地往前滑去,撞到石头墙上。"

"我年轻时,在丹伯里那边经常干这事儿,

只是为了使坏。在那边的山上,我毁过四辆汽车,有三辆是真的很坏。可我现在太老啦。"他无助地叹口气,"不够灵活了,他们肯定会撞上我的。"

他们伤心地、沉默地坐着。松树林的影子慢慢爬下山坡,夕阳将荞麦地变成了一块闪光的金绿色地毯。"以前到了这时候,他总是会跑过我身边。"波奇说,"总是喊着:'晚上好,波奇先生。'他的教养真好,总是叫我'先生'。现在呢,就是一切都不对了。"

就连夏至节前夜的临近，也很难消除大家的忧郁。动物们只是心不在焉地看着菜园里的变化。羽毛似的胡萝卜缨，幼嫩的香豌豆带着美味多汁的卷须，新鲜的小生菜开始露头，就像卷心菜一样碧绿，一排排粗壮的豆子……所有这些，以前都会让大家入迷地观望，可是现在，好像谁也不多关心了。

对兔爸爸来说，即将到来的夜晚不是代表着快乐，而是代表悲伤。他和兔妈妈本来计划着，今年要办一个小小的庆典，是在储藏室装满以后，举行一种庆丰收之类的仪式。所有邻居都要来，会有香豌豆和生菜汤，还有几小瓶收藏的接骨木花酒；会有游戏、笑声和歌声，就像那些美好的旧日子——本来应该这样的。

可新的储藏室并没有建起来。兔爸爸和阿纳达斯叔叔没这个心情——而且该让小乔吉做架子的。兔妈妈也没定下储存食物和做罐头的计划。

她最近只能坐在摇椅里。

傍晚,兔爸爸坐在地洞外。小家伙们不停闹腾,把屋里弄得没法忍受。榛子呢,又吵闹、又粗心地刷着盘子。阿纳达斯叔叔坐在兔爸爸身边,一阵阵打着盹儿。

突然,兔爸爸发现一小群动物在匆匆跑下山坡。他能听见田鼠威利激动的声音,还有他的表亲们"吱吱"的尖叫。他能看见菲威明亮的黑白两色，还能认出波奇那摇摇摆摆的大身体。他们走近了。威利冲出动物群，向兔爸爸飞跑过来，激动地长声尖叫着。

"我看见他啦！"他疯狂地叫道，"我看见他啦！阿纳达斯叔叔，醒醒，我看见他啦——我看见小乔吉啦！"

一片混乱和喧闹的场面，简直失去了控制。榛子跑到门口来，手上还滴着刷碗水。她的三个小家伙比平时嚷得更响了。田鼠们狂热地喊喊嚓嚓叫着。兔妈妈蹒跚地走下椅子。阿纳达斯叔叔干脆在椅子上往后一仰。"让那些倒霉孩子安静一下。"他抢着跳起来吼道，"谁能——"可大家都在同时尖叫着提问。

菲威用前爪拍拍地面。"安静！"他喊道，毛蓬蓬的尾巴非常轻微地翘起来，"谁再说一句话，我就——"大家马上安静了下来，因为菲威从不平白吓唬人。"嗯，威利，"菲威静静地说，"继续说你的故事吧。"

"呃,"威利气喘吁吁地说,"我又去了窗台上——雨水桶换了新盖子,我想试试,就去了,它非常结实——我去了窗台上,往里看,就看见了他——我看见小乔吉啦!他趴在膝盖上,那位女士的,就在她的膝盖上,而……"

"那只见鬼的老猫呢?"阿纳达斯叔叔插嘴说,"他在哪儿?"

"他在那儿,他也在那儿,而且,他还给小乔吉洗脸呢!"

大家爆发出一阵怀疑的低语,菲威只好又翘起尾巴。

"他就是那样的,真的是。"威利继续说道,"摸摸乔吉的耳朵啦,到处啦,乔吉好像挺喜欢的。小乔吉一低下头,马尔登先生,你们知道,就是那只猫,就给他挠挠脖子后边。"

"好像抓跳蚤。"阿纳达斯叔叔说。

"我就看见这些,觉得应该让你们知道,就马上跑来了——就这些啦。"

"他是……他看起来……没事儿吧?"兔妈妈上气不接下气地问。

威利犹豫了一下,答道:"呃,他……好像……没事儿。他的后腿,就是用来跳跃的腿,好像包扎着,用一些……小棍儿,好像是吧,还有绷带什么的。"

"他能走路吗?"兔爸爸赶紧问。

"呃,我不太清楚,先生。你看,他只是趴在她的膝盖上,那位女士的膝盖上——我也不知道——但他好像真的很舒服,也很开心。"

"谢谢你,威廉。"兔爸爸说,"你是个好小子,也非常善于观察和思考。我们为你的消息感到万分高兴,也深深地感谢你。我们会用最大的热情,盼望你能发现更多的事儿。"

宽慰和欢喜爆发成一片汪洋,大家又是唠

叨，又是提问，又是猜测。这个好消息飞快地传过山坡，悬在山坡上空的忧郁像晨雾一样，开始消散了。

大家都过来祝贺兔子一家。兔妈妈当然还在担心，但自从那个可怕的夜晚之后，她的眼睛里第一次有了光芒。她也会含着眼泪，因为波奇——腼腆、独居、在社交场合总是不自在的老波奇——也笨拙地、摇摇摆摆地走过来，伸出他粗糙的、裹着硬黏土似的爪子。"女士。"他粗声说，"女士，我……很……啊……真……"他说不下去，赶快走开了。

紧张和冲突
Strain and Strife

第二天大清早,兔爸爸和阿纳达斯叔叔就开始建新储藏室。那种笼罩所有山坡居民的、忧郁的昏沉完全过去了。兔妈妈兴高采烈地忙着家务,有时还哼着一两句小乔吉编的歌儿。榛子和她的三个小嘀咕都给送回了家。兔妈妈和兔爸爸对榛子说了许多感谢的话,阿纳达斯叔叔却毫不掩饰他的开心。"这下子,有个老家伙总算能时不时歇一歇,他那见鬼的耳朵不会给吵破啦。"他忙碌地铲着土,嘟囔道。

日子在一天天过去,储藏室在进展,只有一个担忧,损害了整体的快乐氛围:田鼠威利再也没能看见小乔吉一眼。

他每天晚上都坚持不懈地爬上雨水桶,往客厅里偷看。但大房子里的居民现在有一个楼上的起居室,好像大多数晚上都在那儿过。所有的动物都睁大眼睛、竖直耳朵,可谁也没再看见或听见小乔吉的踪影。

他们能确定的是,小乔吉还在那儿。因为每天早晨,那位女士都要采一小篮沾着露水的苜蓿、胡萝卜缨、新鲜的嫩生菜叶,还有嫩香豌豆什么的,从她采摘的数量上,大家不光能判断出小乔吉在那儿,还知道他的胃口很好。

一天天,一个星期又一个星期,乔吉还是没

有消息。离夏至节前夜已经不远了，大家越来越不安，脾气也越来越急。兔爸爸和阿纳达斯叔叔呢，他们更加暴躁，因为他们不擅长木工活儿。小乔吉做起储藏室架子来那么容易，他们却费了一天又一天的工夫，还白砸了好多下爪子。等做完了，那歪歪斜斜、快要散架的成果显得真不值得——他们可是忍了不少疼、付出了不少劳动呢。

　　阿纳达斯叔叔连续第四次砸了大拇指之后，生气地扔下锤子，出门看望波奇去了。恼火和担忧渐渐带来一种阴暗的怀疑，在他心里扎下了根，他现在要去说出来。

　　"你知道吗？"他说，"我不信任大房子里的那些新居民，一个都不。我正在担心小乔吉。你知道我在想什么吗？我想的是，他们要拿他当人质，就是这么回事儿。记住我的话吧！等到夏至节前夜，咱们谁要是碰一碰他们那些见鬼的蔬菜，他们就要折磨他，就是这么回事儿——也许干脆要弄死他呢。"

"他们可能现在就在折磨他呢。"阿纳达斯叔叔忧郁地说下去,"折磨啦,耍弄啦,打探啦,努力让他供出我们大家,说出我们的地洞都在哪儿什么的。这样他们一家就可以安排毒药、夹子和弹簧枪。威利所说的,他们绑在乔吉腿上的小棍儿又是怎么回事儿呢?没准是某种刑具吧。不,先生,我不信任他们,也不信任那只见鬼的老猫。我还是要踢他的脸。"

阿纳达斯叔叔对于这种卑鄙把戏的怀疑,迅速在其他的动物中间传开,很快引发了痛苦的论战。兔妈妈、兔爸爸和红公鹿拒绝相信新居民会这么邪恶。灰狐狸和菲威支持他们,都觉得会扔出那么丰盛垃圾的居民,不管在哪方面,肯定都是善良的好人。

但别的许多动物倾向于站在阿纳达斯叔叔一边,吵嘴和争斗越来越常见。就像往常一样,许多野蛮而危险的传闻散布开来:很晚还看见人们起居室里的灯光啦,听见奇怪的声音啦。负鼠是出了名地爱说谎,他宣称听见过小乔吉痛苦的尖叫。

春雨来了,让事情变得更糟。一天接着一天,风推着低垂的乌云从东方涌来,滚过山谷,不停地泼下雨水。刮着寒冷的东北风,挖得最好的地洞里也渗进了雾和潮气,墙上出现了霉斑和真菌,屋顶漏着水,烟囱直倒烟。不能离开家的动物们哆嗦着,紧紧守着壁炉。这种天气对菜园很好,对心情却很坏。

兔爸爸每天都穿过泥泞和蒙蒙细雨,走上山坡,去寻找小乔吉的消息,回来时,总是一身湿透、溅满泥巴、闷闷不乐。阿纳达斯叔叔整天蹲在火边，抽着他那难闻的烟斗，粗野而阴郁地嘟囔着他的预感。自然，他们终于会争吵起来，说出难听的话。兔妈妈哭得眼泪像流云一样密。阿纳达斯叔叔愤怒地跺着脚，走出地洞，去找波奇了。在那边，他成了叛军小队的头目，整天为大家的怀疑和仇恨火上浇油。

就连波奇也不得不承认，阿纳达斯叔叔好像有那么点儿"神神叨叨"。但有更多无知的动物，热情地轻信了每一个疯狂的怀疑，变得越来越激动。有些比较粗暴的家伙，甚至提议扔开山坡上的规矩，不等夏至节前夜了，马上就去毁掉菜园、草坪、荞麦田和花圃，无情地屠杀所有的小鸡小鸭，所有的公鸡和母鸡。

在一次痛苦而激烈的会议上，兔爸爸用尽全部口才，红公鹿也用尽全部权威，才劝住动物们遵守他们古老的规矩和习惯。风向在改变，天气在转晴，这也有点儿帮助，安抚了大家磨损的神经和紧张的关系。

路易·肯斯道克已经在菜园尽头干了一阵子活儿。这是个可爱的地方,有一小块圆形草坪,向假山花园斜下去,上边还遮着一棵大松树。那边有两条石头长凳,暖和的晚上,人们经常坐在那儿。这个习惯让动物们没法仔细侦察路易的手工。

关于那个东西是什么,有着相当多的猜测,但阿纳达斯叔叔马上给出了自己的解释。

"他们在做地牢。"他喊道,"他们在给小乔吉做地牢呢,就是这么回事。他们要把他放那里头,在大铁栏杆后边,再关起来。咱们每次有人碰一碰那见鬼的蔬菜,他们就要折磨他、扎他、饿他——没准儿还要往他身上倒热油呢!"

就这样,夏至节前夜在一种沸腾的气氛中临近了,这其中有怀疑,有恐惧,还有普遍的不愉快。而一个又长又重的木头包装箱的到来,加重了这一切感觉。

那是蒂姆·麦格拉思的卡车运来的。蒂姆、

路易、那个男人和几个助手,合力才把它卸下车,用滚轴搬到松树下的小草坪上。路易就在那儿继续干活儿。阿纳达斯叔叔马上散播新的传言。"夹子和弹簧枪,"他宣布,"箱子里就是那些东西。夹子啦,弹簧枪啦,可能还有毒药和毒气呢。"

不管那里边是什么,拆箱时都经过了好一通敲打。路易和他的助手们大忙了一两天,其他人则不停地到处忙乱,进进出出。直到夏至节的前一天下午,活儿才干完了。等一切都收拾整齐,路易用一个防水帆布罩盖着他刚做完的活儿。帆布中间立着什么东西，让它反射着夕阳的光线，很像一个帐篷。

波奇和阿纳达斯叔叔坐在山坡上，隔着一段安全的距离，怀疑地盯着它。

"那是个绞架。"阿纳达斯叔叔阴森地低声宣称，"那是个绞架，就是这么回事儿。他们要把可怜的小乔吉吊上去。"

大家都够了
There Is Enough for All

　　太阳落山了,西方的金光慢慢消退成清冷的浅绿色。金星低低地挂在松树林上方,明亮地照耀着。起先只有它一颗,但随着天空变暗,小一些的星星也开始露头。新月高高地悬浮着,像一弯银色的镰刀。

　　夜色转深,整个儿山坡都开始低语。那是小

身体钻过草丛轻柔的"沙沙"声,是小脚丫奔向菜园的"嗖嗖"声。夏至节前夜到了,小动物们都聚集了起来。

新居民静静坐在圆形小草坪的边上。大松树下又阴又暗,只能看见石头长凳那暗淡的白色,男人的烟斗有规则地一亮一灭,还有那帐篷似的灰帆布罩子。帆布罩的顶端在苍白的月光里闪亮,好像一个灯塔,在为所有的动物指明方向。动物们没有去菜园集合,而是都凑到小草坪来,越凑越近。慢慢地、静静地、一步一步地,他们走过高草和灌木投下的影子。最后,这群紧张的小动物观众完全围住了那一小片空地,等待着——他们也不知道在等待着什么。

月光更加明亮了,小草坪好像一个小小的、发光的舞台。他们能认出那位女士,她坐在长凳上,一动不动。她身边那打着瞌睡的一团,是马尔登先生。四周那么安静,大家都能听见那猫儿"咻咻"的喘气声。

突然,阿纳达斯叔叔刺耳地尖叫起来,粗鲁地打破了这片静寂。他颤抖地走上空地,瞪起凹陷的眼睛,耳朵竖成疯狂的角度。

"他在哪儿?"阿纳达斯叔叔失控地粗声吼道,"他在哪儿?那只见鬼的老猫在哪儿?把他交给我!不许他们吊起咱们的小乔吉!"

兔妈妈跳出阴影,叫道:"阿纳达斯,回来。哦,拦住他,拜托,谁拦住他!"

那位女士的膝头突然一阵纷乱,紧接着小乔吉的声音清晰又欢快地响起来。"妈妈!"那声音叫道,一个小东西跳了下来,冲过空地,"妈妈,爸爸,是我呀,小乔吉。我全好啦——看看我——看——"

他在明月下的草坪上又蹦又跳,转来穿去,上上下下,一遍又一遍。他高高地跳过阿纳达斯叔叔,还翻了两个筋斗,又跳向长凳,开玩笑地踢踢马尔登先生的肚子。老猫懒懒地抓住他的腰,跟他开心地扭在一起,终于"扑通"一声两个都摔到了地上。马尔登先生好像想到了自己的年纪和身份，就又爬回长凳，像个远处的磨坊似的，咕噜起来。

动物们中间爆发出一阵欢乐的话语声，但瞬间又安静下来。那个男人静静地站起来，走向帆布罩子。他不慌不忙地解开绳子，扔到一边。跟着就是一片深深的寂静，静到简直能听见一百个小小的呼吸声：它们先是屏住气，然后又敬畏地叹息起来。

鼹鼠抓住田鼠威利的胳膊肘。"威利，是什么呀？"他小声说，"是什么呢？威利，做我的眼睛。"

威利喘不过气来一样，声音轻轻的。"哦，鼹鼠，"他说，"哦，鼹鼠，太美了。是他，鼹鼠，是他——那位好圣人！"

"他——阿西尼的那位吗？"鼹鼠问。

"是啊，鼹鼠，咱们的圣人，阿西尼的圣弗朗西斯！他爱咱们，保护咱们小动物，很久以前就是这样。哦，鼹鼠，太美了！他整个儿是石头做的，鼹鼠,他的面容那么和善,那么悲伤。他穿着一件长袍,又旧又破,都能看见上边的补丁呢。

"他脚边都围着小动物。那是咱们,鼹鼠,都是石头做的。有你,有我,还有所有的鸟儿,有小乔吉和波奇,还有狐狸,连癞蛤蟆'老笨'都有。圣人的手举在身前,好像是在祈祷呢。从他手里流出水来,鼹鼠,是清凉干净的水,流进咱们跟前的一个池子里。"

"我能听见溅水声,"鼹鼠小声地说,"我也能闻见这个干净的好池子,感觉到它的凉气。接着说吧,威利,做我的眼睛。"

"在这个池子里喝水可方便了,鼹鼠。它两头好像都很浅,好让鸟儿在那儿洗澡。还有,哦,鼹鼠,池子周围都是又宽又平的石头,这样的池边好像架子似的,摆了好多吃的东西,好像盛大的宴会啊。还有字母,上边有单词呢,鼹鼠,刻在石头上的。"

"那字写的什么,威利?"

威利慢慢地、仔细地拼出来:"它说——'大——家——都——够——了。'大家都够了,鼹鼠,就是这个。

"这里放着谷物,是玉米、小麦和黑麦,是给咱们的;有一个盐饼,给红公鹿的;有蔬菜,菜园里各种各样的蔬菜,都是新鲜的,洗干净了,一点儿尘土也没有;有苜蓿、早熟禾跟荞麦;还有给松鼠和金花鼠的坚果呢——他们都开始吃了。鼹鼠,要是你不介意……要是你们原谅……我也要过去吃啦。"

威利和表亲们走过去,简直让那些谷物迷住了。在他们旁边,阿纳达斯叔叔显得有点儿迷惑,正大口轮换着吃苜蓿和胡萝卜。波奇执著地忙着吃一堆荞麦,没有意识到自己耳朵上还搭了

一枝,那样子显得特别潇洒。

到处响着一片不变的声音,啃啊,咬啊,嚼啊。新居民静静地坐着。男人的烟斗以一种缓慢的节奏亮了又灭。那位女士温柔地抚摸着马尔登先生的下巴。红公鹿舔着盐,弄得嘴唇上尽是黏黏的白沫,在池子里大喝了一通之后,摇着头,响亮地喷着鼻息。大家不再吃了,威利都把皮带松开了一两个眼儿。他那软乎乎、毛茸茸的小肚子好像突然鼓了起来,让人怪担心的。

红公鹿迈着又慢又庄重的步子,开始在花园里转圈儿。母鹿领着小鹿走在后边。其他的动物也顺从地加入了这个队列：有菲威和灰狐狸，肩并着肩；有摇摇摆摆的波奇和阿纳达斯叔叔；有兔妈妈和兔爸爸，小乔吉就在他们两个中间，搂着他们的脖子；有野鸡和他的太太，走路像摇椅子似的，装模作样，羽毛在月亮下闪着金褐色的微光；有田鼠一族，他们都来了；有浣熊、负鼠、金花鼠、灰松鼠和红松鼠。在他们身旁，花园边上的泥土抖动着拱起来，说明鼹鼠和他三个壮实的兄弟正往这边赶来。

　　队伍缓慢而庄严地绕着花园行进，最后都回到了好圣人立着的小草坪那里。红公鹿又喷了喷鼻息，说起话来，大家都留心听着。

　　"我们吃了他们的食物，"红公鹿的声音令人难忘地响起，"我们尝了他们的盐，我们喝了他们的水。这一切都很好。"他向菜园的方向自豪地摆摆头，"从现在起，这就是我们的保护地了。"他用凿子似的蹄子敲着地面，"关于这一点，谁有什么疑问吗?"

谁也没有。阿纳达斯叔叔的声音终于打破了这片安静。"那些见鬼的地老虎怎么办呢?"他叫道,"他们不懂法律,也没有像样的规矩。"

鼹鼠比其他的动物动作慢了一点。他从刚挖完的隧道里钻出来,胳膊支在地上,失明的眼睛转向发出声音的方向。"我们来巡逻。"他笑着说,"我和我的兄弟们,白天黑夜轮流值班,正好打猎。刚才这一趟就抓了六条呢。"

动物们又开始进餐。菲威和灰狐狸突然竖起耳朵,听见房后葡萄架那边响起"咔嗒"一声。阿硫那柔和的声音回荡在山坡上。"喂,臭鼬先生,"她叫道,"来吃吧。"他们热切地一路小跑,消失在黑暗里。

最后的残羹还没打扫干净,月亮就沉到了松树林后。吃饱喝足的小动物们向山坡下走去。他们分开来各自回家,开心而困倦地说着再见。兔妈妈两手各挎着一个购物篮。"明天喝汤。"她幸福地叫道,"香豌豆和生菜汤,明天和以后,每天都有啦!"

阿纳达斯叔叔清了清嗓子。"要是客房没人占嘛……"他有点儿不好意思地说,"我倒是有点儿想再住一阵子。波奇是个好伙计,嗯,可他的地洞都发霉了,是的,先生,实在是发霉了,而且说到他做饭的手艺……"

"你当然可以住啦,阿纳达斯叔叔。"兔妈妈笑了,"你的房间还和你离开时一样呢,我每天都打扫的。"

小乔吉开心地跑着圈圈儿。他对兔爸爸叫道:"附近有新来的狗吗?"

"我知道好山路那头新来了两只塞特猎狗,"兔爸爸答道,"听说品种非常好,也很有能耐。你再休息几天,恢复一下,然后咱们就去练练他们。"

"我时刻准备着。"小乔吉开心地大笑起来,

"什么时候都行。"他高高地跳到空中，磕了三次脚跟，直跳过兔爸爸、兔妈妈和阿纳达斯叔叔的头顶，一边喊着："我好啦！"

这一夏天的每个晚上，好心圣人石雕像的平台上都摆着盛宴。每个早晨，那里又给吃光、打扫干净。每天夜里，红公鹿、菲威和灰狐狸都在宅地上巡逻，赶走游荡的强盗。鼹鼠和他壮实的兄弟们呢，也忠诚地绕着圈子。

整个儿夏天，兔妈妈和其他的妇女又是腌菜、又是打包，储存好了冬天的食物。这里又有了聚会和欢庆，笑声和舞蹈。好日子又回到了山坡上。

蒂姆·麦格拉思望着富饶的菜园，惊奇地提高了声音。"路易，"他说，"我可真不明白。这些新居民的菜园子周围，连块篱笆都没有，也没有夹子，没有毒药，什么都没有，却没东西来碰它,什么都不来,里边也没个脚印儿,连一条地老虎都没有。我呢,我弄了所有的东西:篱笆、夹子、毒药,有时夜里还拿猎枪守着——结果怎么样呢?我所有的胡萝卜都没了,还搭进去一半甜菜和卷心菜;西红柿苗全给踩倒了,草坪让鼹鼠挖得没一个好地方。十字路口的胖男人还养了狗,可他一棵站着的玉米都没保住,生菜跟大部分芜菁也完了。我不明白,这一定只是新手的好运吧?"

"肯定是。"路易同意地说,"肯定是那样——或者是别的原因。"

RABBIT HILL

图书在版编目（CIP）数据

兔子坡／（美）罗素著，绘；司南译. —昆明：晨光出版社，2013.1（2025.6重印）
ISBN 978-7-5414-5199-7

Ⅰ.①兔… Ⅱ.①罗… ②司… Ⅲ.①童话－美国－现代 Ⅳ.①I712.88

中国版本图书馆CIP数据核字（2012）第253242号

兔 子 坡
TU ZI PO

出 版 人　杨旭恒

作　　者　〔美〕罗伯特·罗素
翻　　译　司　南
项目策划　禹田文化
责任编辑　李　政
项目编辑　付凤云
美术编辑　刘　璐
装帧设计　萝　卜
内文排版　刘　杨

出　　版　晨光出版社
地　　址　昆明市环城西路609号新闻出版大楼
邮　　编　650034
发行电话　（010）88356856　88356858
印　　刷　北京润田金辉印刷有限公司
经　　销　各地新华书店
版　　次　2013年1月第1版
印　　次　2025年6月第27次印刷
开　　本　145mm×210mm　32开
印　　张　5.25
I S B N　978-7-5414-5199-7
字　　数　67千
定　　价　16.00元

退换声明：若有印刷质量问题，请及时和销售部门（010-88356856）联系退换。